Mira Stern

Die eigenwillige Magie der Liebe

AF199761

Buchbeschreibung:

Leila trifft eines Tages jenen Mann, von dem sie seit geraumer Zeit immer wieder geträumt hat. Er sieht der Traumgestalt nicht nur überaus ähnlich, Leila kann sich auch seiner Wirkung nicht mehr entziehen. Ob sie will oder nicht, sie muss sich dem Geheimnis aussetzen, das diesen Mann umgibt. Mit einer rätselhaften Gestalt an seiner Seite macht sie magische Erfahrungen, bevor für sie das Wunder der echten Liebe zum Greifen nahe liegt.

Über die Autorin:

Mira Stern, Jahrgang 1972, ist in Brandenburg geboren. Noch vor dem Abitur verschlug es sie nach Berlin, dann ging sie nach Halle, um Germanistik/Kunstwissenschaft zu studieren. Später war sie für einige Jahre als Lebensberaterin tätig.

Mira Stern

*

Die eigenwillige Magie der Liebe

Bibliografische Information der Deutschen Nationalbibliothek:

Die Deutsche Nationalbibliothek verzeichnet diese Publikation in der Deutschen Nationalbibliografie; detaillierte bibliografische Daten sind im Internet über http://dnb.dnb.de abrufbar.

Kontakt: m i r a - s t e r n @ e . m a i l . d e

Umschlaggestaltung: chaela (www.chaela.de)
unter Verwendung eines Motivs von alicia_mb / Freepik

Herstellung und Verlag: BoD – Books on Demand, Norderstedt (Books on Demand GmbH, In de Tarpen 42, 22848 Norderstedt)

ISBN: 978-3-750-440371

Inhalt

1 ☼ Traum und Wirklichkeit

Ich starrte ihn an. Er war es. Das genaue Abbild von dem Mann, von dem ich seit geraumer Zeit träumte. Und jetzt stand er direkt vor mir; am heller lichten Tag in völlig unromantischer Umgebung, am Obststand in einem Supermarkt.

Ich begann die zulässige Dauer für einen Blick zu überschreiten, doch ich konnte meine Augen nicht abwenden. Ich musterte diese fremde und doch so bekannte Gestalt und suchte nach Abweichungen von meinem Traumbild, doch es fand sich nichts. Jedes Löckchen seines dunklen Haares, das die Schultern erreichte, schien eben jenes zu sein, das ich schon tausendmal um den Finger gewickelt hatte. Seine vollen Lippen erinnerten mich an berauschende Küsse, die ich doch von diesem Mann nie erhalten haben konnte. Ich kannte ihn nicht, ich sah ihn zum ersten Mal, und doch war er mir auf Anhieb vertraut. Unter seinen markanten Wangenknochen setzte ein gepflegter Dreitagebart an. Ich mochte daran schnuppern und den mir vertrauten Duft einatmen, dabei war dieser Mann nur ein

Fremder, den ich schon viel zu lange ange-
starrt hatte.

Ein Lächeln huschte über sein Gesicht und
zuckte neben den Mundwinkeln. Es war offenkundig, dass er sich nicht anmerken lassen
wollte, dass er meine Blickkaskaden bemerkt
hatte. Es war mir unendlich peinlich, denn ich
wusste, was sich gehörte und was nicht, und
konnte doch nicht danach handeln. Seine rechte Hand suchte Pfirsiche aus einer Stiege aus,
und ich lernte unterdessen jedes Härchen auf
jedem seiner Finger auswendig. Sein Unterarm
war ein wenig freigelegt, die Ärmel des seidig
schimmernden grünen Hemdes waren etwas
hochgekrempelt.

Noch nie war es mir passiert, dass ich dermaßen die Kontrolle über mein Verhalten verloren hatte. Ich hätte ihm auf der Stelle um den
Hals fallen und seine vollen Lippen mit Küssen
bedecken können. Ich hoffte inständig, irgend-
jemand würde meine Zügel packen und mich
von diesem Mann wegziehen, wenigstens meinen Blick in eine andere Richtung lenken; doch
zu meinem Entsetzen starrte ich ihm stattdessen sogar auf den Reißverschluss seiner Jeans,
wenn auch nur für einen Augenblick.

Als der Fremde sich behutsam nach mir umdrehte, schoss mir eine Hitze in den Kopf, die sich zusehends auf meinen Wangen abbildete.

»Entschuldigen Sie bitte, ich weiß nicht, was mit mir los ist, ich ... ich starre Sie an wie von allen guten Geistern verlassen! Aber ... ich kann nicht anders. Ähm ... ich überlege, ob ich Sie vielleicht kenne.« Ich stotterte vor mich hin. Doch Flucht nach vorn war der einzig mögliche Weg, ich konnte mich ja nicht abwenden. Er lächelte entgegenkommend und schien mich mit diesem Lächeln zu umarmen. Ich schmolz erst recht dahin und kam mir vor, als wäre ich geradewegs in einen Hollywood-Film gestolpert. Ich hatte aber, im Gegensatz zum Ablauf derartiger Filme, keinen blassen Schimmer, wie es weitergehen würde.

Der Fremde sprach deutlich und ohne jeglichen Dialekt mit einer volltönenden, warmen Stimme: »Mir ist ihre Art, mich anzuschauen, nicht unangenehm. Ich finde es ungewöhnlich prickelnd. Es macht mich neugierig. Deshalb wollte ich Sie jetzt ebenfalls ansehen.«

Seine Augen schmückten sich mit Lachfältchen, und mein Begehren loderte so übermächtig auf, dass ich am liebsten schnell im Boden versunken wäre.

»Es ist mir unglaublich peinlich, so etwas ist mir noch nie passiert. Ich verhalte mich, als wäre ich betrunken, und dabei bin ich völlig nüchtern! Also eigentlich ... aber ich fühle mich echt ein bisschen beschwipst in ihrer Nähe.«

Oh je, jetzt war es raus. Ich wollte sofort zurückrudern, doch jedes weitere Wort machte es nur noch schlimmer. »Ich meine ... ich dachte ... ich wollte eigentlich ... also eigentlich nicht. Ich weiß nicht, was da von Ihnen ausgeht, ich verliere völlig die Kontrolle über mich!«

Er lachte herzerfrischend und seltsamerweise fühlte ich mich davon nicht ausgelacht, sondern ermutigt.

Charmant erwiderte er: »Ich scheine ja eine mächtige Wirkung auf Sie zu haben. Das schmeichelt mir, ich bin durchaus schon in dem Alter, wo man das gerne erfährt, also reden Sie nur weiter, ich genieße jedes Wort.«

Der ironische Unterton am Ende seines Satzes ernüchterte mich ein wenig, aber es genügte nicht, um meine Hitze zu mindern. Seine Augen strahlten eine solche Güte aus, und hinter ihnen verbarg sich ein Licht, das nur jene Menschen haben, die voller Liebe und Weisheit stecken. Es zog mich an. Ich glaubte, es leuchtete mir meinen Weg. Doch welchen Weg? Einen zu ihm oder einen mit ihm zusammen in die gleiche Richtung? Ich hatte keine Ahnung und zum Glück nicht die Neigung, weiter darüber nachzudenken.

Er kam einen Schritt auf mich zu und dann noch einen. Ich trat automatisch rückwärts, um ihm nicht im Weg zu stehen. Doch dabei passierte es prompt, ich rammte mein Einkaufskörbchen gegen einen Turm aus Hundefutter-Dosen, plumps, bums, kuller ... Noch dämlicher hätte es nicht kommen können.

Geschickt sprang dieser fremde Mann an mir vorbei und den Dosen hinterher. In Windeseile hatte er sie eingeholt und wieder auf den Stapel gesetzt. Dann schob er mich sachte vor sich her an die Kasse und bat mich, weiterzugehen, um dahinter auf ihn zu warten. Ihm war nicht entgangen, dass mein Körbchen leer geblieben war. Ich hatte inzwischen sogar restlos vergessen, warum ich überhaupt in den Laden gegangen war.

Während er bezahlte, verstaute ich geistesabwesend seinen Einkauf in Tüten, als wenn ich selbst eingekauft hätte.

Er bedankte sich und scherzte: »Also gut, dann können Sie mir gern auch tragen helfen.«

Ich wollte die Tüten schnell wieder abstellen, doch er nahm mir nur eine aus der Hand und bat mich leise, aber durchaus eindringlich, ihm zu folgen.

Ich lief hinter ihm her und atmete begierig den Duft ein, den er verströmte, und den der Gegenwind noch zusätzlich in meine Nase trieb. Ich bemerkte nicht einmal, in was für ein Auto wir die Sachen einluden, das Licht am Ende meines Tunnelblicks war ausschließlich dieser fremde Mann.

»Passiert Ihnen das eigentlich öfter? Ihre Art und Ausstrahlung und die Weise, wie Sie sich bewegen, muss doch andauernd Frauen den Kopf verdrehen. Ich frage mich die ganze Zeit, ob Sie echt sind? Ich meine, vielleicht sind Sie ein Androide, der auf Verführung programmiert ist. Oder Sie sind eine fremde Spezies, die von einem anderen Stern kommt?«

Er lachte lauthals und blubberte dazwischen hervor, dass ja wohl *ich* die wäre, die auf Verführung programmiert wäre.

»Oh nein!«, rief ich entsetzt. »Sie glauben doch wohl nicht, dass ich … Du lieber Himmel, dann wird es ja nur noch immer peinlicher für mich.«

Ich sprang abrupt beiseite. So eine wollte ich nicht sein, doch ich musste zugeben, dass es durchaus danach aussah. Ich senkte den Blick und murmelte: »Es tut mir leid. Ich würde mich am liebsten auf der Stelle in Luft auflösen!«

Dass ich mal in eine derart peinliche Situation geraten könnte, wäre bisher unvorstellbar gewesen. Ich holte schon Luft und wollte weiterreden, doch er unterbrach mich schon im Anlauf: »Wieso, sind Sie sonst unnahbar?«

Er setzte seine Frage in eigenartig ernstem Tonfall ab und wirkte aufrichtig interessiert; ich fühlte mich dadurch zugleich erkannt und angenommen und blinzelte erstaunt in seine Richtung. »Nicht vielleicht unnahbar, aber es ist mir noch nie passiert, dass ich einem Menschen gegenüber nicht auf Abstand bleiben konnte. Und Sie haben auch noch nicht geantwortet, ob Sie überhaupt ein echter Mensch sind!«

Er schaute mir liebevoll in die Augen, und das vermutlich, um mich zu beruhigen, doch mein Herzschlag hämmerte stattdessen bis hinauf in meine Ohren. Ich zwang mich, weiter in seine sanftmütigen Augen zu sehen, und er versicherte mir, dass er ein ganz normaler Mensch wäre, wenn er auch nicht allzu viel Gewicht auf das Wörtchen ›normal‹ legen wollte. Darüber musste ich unweigerlich schmunzeln, woraufhin er mich von oben bis unten musterte. Er griff nach meinen Schultern, drehte mich eine Runde vor sich herum und schaute mir dann wieder in die Augen: »Darf ich jetzt auch mal einen Schritt auf Sie zu gehen?«

»Alle, die möglich sind«, hauchte ich zurück. Und ich hoffte, er würde innerhalb seiner Armeslänge Abstand nicht lange brauchen, um mir sehr nah zu kommen.

Doch er blieb, wo er war, rieb beherzt auf meiner Schulter auf und ab und räusperte sich. Schließlich lud er mich ein, mit ihm zusammen ins nächstgelegene Café einzukehren.

Ich war gleichermaßen enttäuscht und erleichtert. Wenigstens einer schien hier die Kontrolle behalten zu können. Ich strahlte ihn beschwingt an, bevor ich antwortete.

»Ich weiß nicht, ob ich an Ihrer Stelle mit so einer zudringlichen Frau in ein Café gehen würde. Fragen Sie sich nicht allmählich, wie Sie mich je wieder loswerden?«

Meinen kecken Tonfall fing er geschickt auf, indem er leise und mit kurzen gedanklichen Unterbrechungen zurückgab: »Vielleicht möchte ich Sie gar nicht wieder loswerden!? Ich vertraue meiner Menschenkenntnis. Das ist mein Spezialgebiet. Was auch immer Ihres sein mag. Glauben Sie an Schicksal?«

Ich zuckte zusammen. Das war ja eben mein Problem, ich glaubte an Schicksal! Und wie.

Ich nickte still, und er hätte es gut auch übersehen können, doch ihm schien inzwischen ebenso wenig an mir zu entgehen, wie mir an ihm. Er legte seine Hand auf meine Schulter und wanderte mit seinen Fingern vorsichtig an den Haaransatz in meinem Nacken. Mich überzog eine Gänsehaut, die ganz sicher nicht vor Kälte entstand. Seine Lippen berührten überraschend, aber doch besonnen, meine, als wenn sie noch Gelegenheit zu einem Kopfabwenden geben wollten. Doch ich drängte diesem Kuss entgegen, diesen Lippen, nach denen ich mich schon seit Ewigkeiten sehnte, und die mir gleichzeitig vertraut vorkamen. Ich kannte ihn! Alles an ihm. Doch es schien völlig unmöglich!

Er wendete sich kurz zur Seite und gab der Klappe vom Kofferraum einen Schubs, sie schloss sich leise. Dann hatte er beide Arme frei, um mich zu halten. Seine Nähe hüllte mich ein, ich versuchte, mich noch weiter darin zu verkriechen. Mein Körper erkannte seinen, kannte seine Körpersprache. Es war unfassbar und berauschend in seiner ganzen Unwirklichkeit. Wenn ich in diesem Augenblick gestorben wäre, hätte ich es vor lauter Glück nicht einmal gemerkt. Doch es wäre schade gewesen, denn es war ja erst ein Anfang. Allerdings einer, dem ein seltsamer Zauber innewohnte.

Wir schlenderten in ein Café, setzten uns einander gegenüber und schwiegen. Wir lächelten, wir leuchteten still vor uns hin, und wir fühlten uns miteinander verwachsen. Niemals wieder würde ich diesen Mann aus meinem Herzen entlassen können. Wir fühlten uns eins, selbst wenn wir uns nicht berührten. Und dabei kannten wir uns überhaupt nicht! Darüber nachdenken durfte man nicht! Der billigste Schnulzenfilm würde sich hier in den Schatten gestellt fühlen. Dummerweise gerät man zuweilen selbst in noch abwegigere Situationen.

Die Kellnerin kam fragen, was wir denn wollten, und wir entschieden uns beide gleichzeitig für Erdbeertorte. Es wunderte uns nicht, aber wir lachten sofort los. Der Blick, der uns streifte, verriet, was die Kellnerin über uns dachte. Sie lächelte versonnen und wünschte insgeheim, auch wieder einmal so fühlen zu können.

Mauritius hatte mir mittlerweile seinen Namen verraten, und wenn er mich mit ›Leila‹ ansprach, klang mein Name anders, als ich ihn je zuvor gehört hatte.

»Soll ich uns jedem ein Glas Sekt bestellen, einen Anlass hätten wir ja, auf den wir anstoßen könnten.« Er lächelte unergründlich.

»Lieber nicht, ich bin schon von dir beschwipst! Wer weiß, was ich sonst noch ...« Ich unterbrach mich selbst.

»Sprich dich ruhig aus, was meinst du, was du sonst noch ...?«

Ich kicherte verlegen vor mich hin, doch er bestand darauf, dass ich den Satz erklärte.

»Ich hab in deiner Nähe so wenig Kontrolle über mich, dass ich dich womöglich anspringe, wie ein ... also ich meine, mich dir an den Hals werfe.«

»Wäre das so schlimm?« Seine Augen erforschten meine bis in verborgene Tiefen. Mein Kichern blieb mir währenddessen im Halse stecken. Er hatte mich in meinem Innern berührt, als ob er meine Sehnsüchte wach kitzeln wollte. – War das ein Traum, konnte das überhaupt wahr sein?

»Kneif mich mal, aber bitte recht fest, ich brauche dringend einen Realitätscheck.« Ich bemühte mich um nüchternen Tonfall. Doch er reichte mir über den Tisch hinweg beide Arme entgegen und nahm mein Gesicht in seine Hände.

»Ich mag dich nicht kneifen. Warum muss denn die Realität unbedingt nüchtern sein? Sollte man nicht umgekehrt froh sein, wenn Träume wach erlebbar werden?«

»Natürlich, du hast Recht! Und bis jetzt scheint uns ja eine reine Märchenwelt zu umgeben, nur – erfahrungsgemäß – ist irgendwo immer ein Haken.«

Er zog die Augenbrauen hoch und holte tief Luft: »Ich weiß, was du meinst, und ... es stimmt auch.« Den Rest des tiefen Luftzugs atmete er jetzt auffällig langsam aus. Seine Augen fixierten mich dabei, als wenn sie mich tatsächlich festhalten wollten. Doch zum ersten Mal beschlich mich eine üble Ahnung und es platzte aus mir heraus: »Du bist nicht Single, stimmt's?«

»Es ist anders als du denkst!« Er merkte selbst, wie abgedroschen sich diese Wendung anhörte, und versuchte, entschuldigend zu lachen. Doch es kam eher ein trockenes Hüsteln dabei heraus. Die Belustigung zuckte um seine Mundwinkel, er schirmte sie schnell mit der Hand ab, doch dann tanzten ihm Lachfältchen um die Augen. Die versteckte Erheiterung steckte mich an. Ich prustete los, obwohl mir durchaus nicht zum Lachen war, aber es verselbständigte sich, und wir lachten beide gemeinsam, ohne zu begreifen, warum. Womöglich amüsierten wir uns über die unfreiwillige

Alltags-Komik. Das wiederum schweißte erneut zusammen. Mit Lachtränen in den Augen rang ich nach Fassung.

»Von wegen du magst mich nicht kneifen! Ich würde sagen, das war ziemlich heftig! Mit garantiert ernüchternder Wirkung!«

Ich angelte fahrig nach meiner Handtasche, die sich anfangs widerspenstig zu entziehen versuchte, und ließ zu, dass sich die Ernüchterung nun doch in mir breitmachte. Kaum hielt ich die Tasche in meinen Händen, erhob ich mich, und fand es angebracht, mich lieber schnell auf und davon zu machen. Neben dem Tisch wurde mir der Boden unter den Füßen weich. Mauritius sprang mir entgegen.

Bevor ich Halt suchend nach der Tischplatte greifen konnte, fand ich den gesuchten Halt an ihm, der meinen Zustand mitgefühlt hatte. Er küsste mich ohne jegliche Vorwarnung, und zwar so leidenschaftlich, dass ich meine schwindenden Sinne gerne hätte ziehen lassen. Doch vermutlich strebte Mauritius damit eher einen Wiederbelebungsversuch à la Mund zu Mund Beatmung an.

Leise, aber überaus durchdringend bahnte sich seine Stimme einen Weg zu meinem Ohr:

»Es ist wirklich anders als du denkst, höre mir zu, bevor du wegläufst. Du bist viel zu wichtig, als dass ich dich gehen lassen könnte. Kannst du mich denn jetzt sitzen lassen, ohne zu hören, was ich dir sagen muss?« Er küsste mich wieder und wieder, bis meine ›Schock-Frostung‹ von der neuerlichen Hitze aufgetaut wurde.

Mauritius hatte meinen Zustand sogar ins Gegenteil verwandelt; ich glühte und ich begehrte ihn noch heftiger als in der vorangegangenen bisher gemeinsam verbrachten kleinen Ewigkeit. Ich verstand mich selbst nicht mehr. Was sollte das werden? Ich wollte keinen verheirateten Mann. Nicht nur wegen mir nicht, sondern vor allem, weil ich keine Beziehung kaputt machen wollte.

Ich stotterte: »Ich hätte es mir denken können. Die guten Männer sind immer schon vergeben – oder schwul ... alte Weisheit aus Hollywood-Filmen.« Ich versuchte zu lachen, doch es hörte sich gequält an. Vermutlich war es ein schiefes Grinsen mit Grunzlauten.

Er bat mich eindringlich mit erhobenem Finger: »Warte mal kurz«, eilte zum Kuchentresen und bezahlte die Rechnung. Ich bekam es beiläufig mit, war aber vollauf damit beschäftigt, meinen Zustand zu sortieren.

Warum konnte ich mich diesem Mann nicht entziehen? Was lief hier? Verströmte er geheimnisvolle Pheromone, oder was? Meine blöden Gedanken wollten wohl den Schmerz der Enttäuschung betäuben. Etwas sollte anders sein als gedacht. Was dachte ich denn? Ich dachte nichts, ich schlussfolgerte: Der Mann ist besetzt und fertig. Just in diesem Augenblick legte er seinen Arm um meine Schultern und schob mich aus dem Café hinaus.

»Ich würde dir das alles sehr gerne erklären, aber könntest du mir nicht vorerst einfach mal vertrauen? Ich möchte dir nichts vormachen, dir gewiss nicht! Ich finde nur, um dir wirklich alles zu erklären, ist der Zeitpunkt noch nicht gekommen. Dann wirken manche Dinge unverständlich. Und das Reden macht es nur noch schlimmer. Dabei wirst du mich verstehen. Uns. Alles.«

Ein Bitten lag in seiner Stimme, dem ich mich nicht entziehen konnte. Er flehte mich an. Und an richtige und falsche Zeitpunkte glaubte auch ich. In meinem Kopf vernahm ich prompt die entsprechende Spruchweisheit dazu: »Das Richtige zur falschen Zeit ist ebenso falsch.«

Und ich vertraute Mauritius. Warum auch immer. Denn dass verheiratete Männer dazu neigten, ihren Geliebten das Blaue vom Himmel zu erzählen, wusste ich. Aber er war es nicht, der nach mir gesucht hatte. Er hatte nicht *mich* angesprochen oder von sich aus einen Schritt auf mich zu gemacht, bevor ich ihm nicht regelrecht verfallen war. Ich lächelte ertappt.

»Was hast du? Worüber lächelst du?«, erkundigte er sich.

»Ich dachte gerade, dass ich dir schon im Supermarkt auf Anhieb ›verfallen‹ war und musste darüber lächeln.«

»Und? Bist du es noch?«

Seine Stimme klang verführerisch und löste ein Zucken in meinem Zwerchfell aus. Ich schnappte nach Luft und schaute hilfesuchend in seine Augen. Ausgerechnet. Mitten hinein in jenen seltsam erforschenden, doch sanftmütigen Blick, der mir schon so vertraut war. Dieser Mann verdrehte mir wahrlich den Kopf.

Doch Mauritius legte mir seinen Finger unters Kinn und beschwerte sich in gespielter

Entrüstung: »Jetzt bin ich aber enttäuscht, ich hätte ein ›Ja‹ erwartet!«

Er kannte mich so unerklärbar gut, er wusste, worauf ich wie reagieren würde. Und ich dachte, es könnte durchaus gefährlich sein, sich mit ihm abzugeben, er hätte mich schnell vollends in seiner Hand. Dennoch gestand ich ihm: »Natürlich bin ich dir heillos verfallen, mehr denn je, doch das dürfte ich dir gar nicht verraten!«

Ich konnte ihm ja wohl schlecht von meinen Träumen von ihm erzählen. Er hielte mich augenblicklich für verrückt. Hatte mein ›mehr denn je‹ mich schon verraten? Ich schaute ihn direkt an.

Er flüsterte: »Ich dir doch auch. Soll ich dir das auch nicht verraten?« Seine Augen küssten meine Seele. Damit brachte er meine Gedanken zum Schweigen. Wir lächelten still vor uns hin, und ich vergaß, was mich eben noch ins Wanken gebracht hatte, oder blendete es wenigstens vorerst aus. Ich wollte bei ihm sein, um jeden Preis.

»Leila? Vertraust du mir?« Er legte die Stirn in Falten.

»Ja, ich vertraue dir.« Ich wirkte fast unpassend gefasst.

»Ich würde dich nicht verletzen wollen ... Du ... du bist mir passiert.«

»Was? – Wie ein Unfall?«

»Ja, in gewissem Sinne schon. Obwohl der Vergleich natürlich schlecht ist, weil ein Unfall nichts so Schönes, so Wundervolles sein kann, aber ich hatte es insgeheim zu vermeiden versucht, obwohl meine Frau es sich immer gewünscht hat.«

Er schaute mir prüfend ins Gesicht und versuchte jedes Mini-Zucken auszuwerten. Doch ich erkannte, dass es ihm nicht gelang. Er wusste nicht, was ich dachte. In diesem Fall nicht – sein Denken stand dazwischen –, seine Befürchtungen ließen Fehldeutungen zu.

Dabei hatte ich nur Stille in mir.

Ich hatte zur Kenntnis genommen, was er sagte, ohne es zu bewerten. Ich merkte erst jetzt, dass ich ihm tatsächlich voll und ganz vertraute. Mich überströmte ein behagliches Wärmegefühl. Ich kannte es aus meinen Träumen, aus den ›speziellen‹, in denen ich Mauritius immer wieder begegnet war. Mich überflutete ein Gefühl der Liebe.

Wir schlenderten Hand in Hand schweigend die Straße entlang, als wenn wir wüssten, wohin wir wollten. Fast wäre ich in einem mich fortziehenden Traumzustand versunken und womöglich in einem der Träume gelandet, die ich seit einiger Zeit immer wieder geträumt hatte. Doch heute hatte mein Traum Gestalt angenommen und war in die Realität getreten. Ich war wach und stand mitten im Alltag vor jener Traumgestalt, die mich in letzter Zeit zunehmend häufiger besucht hatte. Ich konnte es nicht fassen, mein Verstand fühlte sich in die Irre geführt, mein Kopf schien sich in zwei Hälften zu spalten. Ich war längst mit diesem Mann verschmolzen, doch im Hier und Jetzt mussten wir die Schritte, die dorthin führten, erst noch nachvollziehen oder vielmehr nachholen. Der Traum war uns voraus. Wir kannten uns und kannten uns doch nicht.

Am Rande einer dicht befahrenen Kreuzung verriet ich es ihm: »Ich ... ich kenne dich aus meinen Träumen.« Wir hatten uns zwischenzeitlich unbemerkt losgelassen, doch jetzt fasste er schnell nach meiner Hand.

»Ich weiß, ich hab das schon kommen sehen«, flüsterte er zurück.

»Was meinst du damit? Ich verstehe dich nicht.« Ich reckte stirnrunzelnd den Kopf in die Höhe und wandte Mauritius mein Gesicht zu.

»Meine … ähm … Frau –, sie hat sich das sehr gewünscht.« Seine Stimme war keineswegs so klar und deutlich wie sonst; er krächzte ein wenig, als er die wohlüberlegten Worte formulierte.

»Was hat sie sich gewünscht? Dass ich von dir träume?!«, rief ich spöttisch.

Die Autos fuhren dicht gedrängt. Wir sprangen trotzdem zwischen ihnen hindurch, um auf die andere Seite der Straße zu kommen. Unsere Sätze flogen über die Autodächer davon. Ich scherzte darüber und nahm Mauritius Aussage keineswegs ernst. Wir hatten ja keinen Blickkontakt, weil wir den Autos geschickt auszuweichen versuchten.

»Vielleicht hast du von mir geträumt, während sie sich intensiv gewünscht hat, dass wir uns begegnen«, brabbelte er in drolligem Tonfall vor sich hin und ließ mich im Glauben, dass wir vorzüglich zusammen rumspinnen konnten.

Unterdessen steuerten wir zielstrebig auf den Stadtpark zu. Ohne uns über ein Ziel zu verständigen, suchten wir beide gleichermaßen nach schützender, sicherer Umgebung alter Bäume. Wir schlenderten eine Weile schweigend dahin, bevor Mauritius ohne Einleitung erklärte: »Aurelia ist krank, sie sitzt seit Ewigkeiten im Rollstuhl.«

Ich schaute überrascht auf, aber schwieg dazu.

»Sie vertraut mir. Sie kennt mich wie kein anderer. Sie weiß, dass sie nichts zu befürchten hat. Doch sie wünscht sich für mich, dass ich mich verliebe ... und eine Frau mit nach Hause bringe.«

»Was?!?« Ungläubig sprang ich einen Schritt zur Seite. »Jetzt willst du mich verschaukeln! Welche Frau wünscht sich denn eine fremde Frau an der Seite ihres Mannes? Da stimmt jetzt was nicht.« Meine Empörung schwang überdeutlich mit.

»Doch, aber ... ähm, also ... ich ... ich riskiere, dich zu verlieren, wenn ich weiterspreche, willst du das?«

»Inwiefern? Also wodurch könntest du mich verlieren?«

»Wenn du das falsch verstehst oder dir unvorstellbar erscheint, was ich sage, dann könntest du genauso versucht sein, aufzuspringen, wie beim ersten Schreck. – Und, ich weiß nicht, ob ich dich jetzt schon halten kann.«

Er erhaschte einen Blick, um meinen Gesichtsausdruck zu ergründen. Doch weil er nicht wollte, dass ich seine Unsicherheit bemerkte, sprach er nach vorn gewandt weiter. »Wir kennen außer unseren Namen nichts voneinander. Ich könnte dich nirgends wiederfinden, wenn du losrennst.« Er hüstelte verlegen. »Könnten wir nicht wenigstens für alle Fälle die Telefonnummern austauschen, bevor ich weiterrede?«

Ich fand das sowohl äußerst eigenartig, als auch in gewissem Sinne beruhigend. Doch er wartete ungeduldig auf eine Antwort.

»Warum nicht?! Ist zwar eine ulkige Idee, aber hört sich auch vernünftig an. Ich gebe dir sogar meine Adresse, damit du siehst, dass ich dir wirklich vertraue. Aber enttäusche dieses Vertrauen nicht, ich bitte dich!«

Diesmal hatte ich den flehenden Unterton, und wie um ihn zu überspielen, kramte ich betont lange in meiner Handtasche. Ich suchte nach einem Stift und einem Stück Papier.

Ich hätte die Nummer genauso gut gleich ins Handy eingeben können, das wäre modern gewesen, aber in diesen Dingen war ich altmodisch. Wenn man etwas keinesfalls verlieren wollte, musste es Materie verliehen bekommen, um es unter allen Umständen in Händen halten zu können. Oder, um versehentlich darüber stolpern zu können.

Mauritius diktierte mir seine Nummer, seine Stimme zitterte dabei. Ich schaute ihn fragend an und erschrak. Unter den sonst lächelnden Augen hing ein unerwarteter Schatten.

»Was hast du? Ich dachte, du wolltest die Telefonnummern tauschen?«

»Es fühlt sich wie Abschied an und ich habe Angst, dich zu verlieren.«

»Dann hast du ja immer noch deine Frau! – Wenn ich dich verliere, dann hab ich niemanden mehr.«

»Leila, sag das nicht unbedacht so hin, das tut weh. Du weißt noch nicht genug! Aber ich weiß, dass ich dich liebe, und zwar schon lange, das weißt du.«

Sein ›und zwar schon lange‹ flatterte durch mich hindurch wie ein kleiner Schmetterling, der meinen Träumen entkommen war. Ich verstand, was er meinte. Und doch war es unerklärbar.

Mir stiegen die Tränen in die Augen. Doch meine Gedanken drängten sie zurück: Er *weiß*, dass er mich liebt? Weiß man das? Fühlt man das nicht eher? Bevor ich weiter darüber nachgrübeln konnte, rutschte mir eine Antwort raus: »Ich ... ich dich doch auch. Aber das macht die Sache nicht einfacher, oder?«

»Doch, ganz sicher!«

»Mmh.« Ich wollte mir den Kopf stützen, doch umfasste stattdessen mit der Hand meinen Mund, als wenn ich meine Sprachlosigkeit verstecken wollte.

Kurz darauf schrieb ich meine Nummer auf und meinen vollen Namen. Darunter auch noch meine Adresse. Was hatte ich schon zu verlieren?

Mauritius nahm den Zettel entgegen und lächelte. Es schien ihn zu beruhigen, dass ich ihm nicht mehr verloren gehen könnte. Andächtig schaute er aufs Papier und lernte die paar Zeilen auswendig. Und er lächelte weiter vor sich hin.

Das rührte mich. Unsere seltsame Begegnung blieb sich in ihrer wundersamen Art treu. Ich verlor meine Angst vor dem, was ich später erfahren sollte. Ich wusste jetzt, dass Mauritius fürchtete, mich zu verlieren; das machte mich zuversichtlich. Logisch nachvollziehbar war das nicht unbedingt, aber seit wann folgen Gefühle der Logik?

Ich fragte mich, was ich mir wünschen würde, falls sich unsere Wege doch trennen sollten. Wäre mir ein schnelles oder ein spätes Ende lieber? Wieder lachte ich innerlich auf und Mauritius staunte mich an.

»Du hast wieder etwas zu lachen?«

Ich fühlte mich ertappt, doch was mir soeben durch den Kopf gegangen war, behielt ich besser für mich. Er bettelte vergeblich. Ich konnte ihm ja wohl unmöglich mitteilen, dass ich, entgegen jeder Vernunft, zuerst mit ihm schlafen wollte, bevor sich durch seine Verkündung eine womöglich trennende Wegkreuzung auftun würde.

Wir spazierten eine Weile Hand in Hand durch den Stadtpark. Schweigend. Jeder grübelte vor sich hin; Mauritius suchte nach Worten, um mit seiner Erklärung anzufangen. Ich suchte nach Möglichkeiten, diese Worte noch hinauszuschieben.

Schließlich platzte es aus mir heraus: »Wenn sich unsere Wege trennen, was wäre dir dann lieber –, dass wir vorher zusammen geschlafen hätten, oder eben gerade nicht?«

Mauritius blieb wie angewurzelt stehen, bückte sich dann seitlich zu mir hochschauend und platzierte dabei seine Hände auf seinen Knien. Auf seinem Gesicht spielte sich innerhalb weniger Sekunden ein spektakuläres Schauspiel ab. Am Ende gewannen die Lachmuskeln, auch wenn sie noch mit Ungläubigkeit rangelten. Im nächsten Moment schloss mich Mauritius mit so heftiger Leidenschaft in seine Arme, dass keine Antwort hätte liebenswerter ausfallen können als diese. Die Sehnsucht, die wir beide nacheinander verspürten, hatte sich von allen Gedanken befreit, die sie kurzzeitig gefesselt hatten. Mauritius lachte und weinte zugleich. Er küsste mich mit Tränen auf den Lippen und flüsterte: »Ich liebe dich. Du bist einfach unglaublich!« Er strich mir die Haare aus der Stirn und gab mir ein Küsschen auf die Nasenspitze.

»Ich will dich. Aber ich will dich für immer!« Es hörte sich wie ein Versprechen an. Ich nickte zustimmend und genoss seine Worte. Ich fühlte mich verstanden. Es musste mir nicht peinlich sein, was da aus mir herausgeplatzt war.

Wir tobten wie Kinder durch den Park und scheinbar zielstrebig zum Spielplatz, der um diese Zeit zum Glück menschenleer war. Wir setzten uns übermütig auf die Schaukeln. Kurz darauf sprang Mauritius von seiner ab und kam auf meine zu. Er fing mich samt Schaukel ab und stellte sich dicht vor mich. Ein wohliger Schauer übermittelte mir sein Begehren, während er mir zuraunte: »Wo gehen wir hin? Hast du eine Idee?«

»Keine Ahnung, kennst du nicht was Geeignetes?«

»Nein, woher, das ist Neuland für mich.«

»Oh, sehr angenehm.«

»Wieso?«

»Ach, nur so, ist mir eben lieber. Außerdem ist es gewissermaßen auch für mich Neuland.«

Er holte sein Smartphone aus der Tasche und schaltete es ein. Ich lächelte anerkennend, weil es ausgeschaltet gewesen war.

Er suchte eine Weile und nannte dann eine kleine Pension mit Garten. Er zeigte mir ein Bild davon und ich nickte. Kurze Zeit darauf saßen wir im Auto und fuhren hin.

Die ältere Dame, die die wenigen Zimmerchen vermietete, übergab uns den Schlüssel und meinte, sie müsse nochmal in die Stadt, ob wir denn was bräuchten oder ohne sie auskämen. Natürlich kämen wir nur zu gern ohne sie aus, gaben wir zurück. Es war nicht ganz klar, ob das versteckte kleine Lächeln immer in ihrem Gesicht spielte oder nur in diesem Augenblick. Doch schon wenige Minuten später schloss sie das Gartentörchen von außen ab.

Ich fragte Mauritius, ob er seine Frau anrufen wolle, um seine Verspätung vielleicht lieber anzukündigen. Er schien mir dankbar zu sein, dass ich ihm das nahegelegt hatte, und zog das Telefon hervor. Wir standen immer noch im Garten und Mauritius ging nicht etwa ein paar Schritte von mir weg, sondern ergriff meine Hand. Ein liebevoller Blick besänftigte mein Unbehagen, dann sprach er mit der Stimme am anderen Ende der Leitung.

»Aurelia, Liebes! Kommst du vielleicht mal eine Weile ohne mich zurecht? – Ich werde heute nicht nach Hause kommen und wollte dir Bescheid sagen, du brauchst dir keine Sorgen zu machen –, es geht mir gut.«

Die Stimme antwortete, doch ich verstand nichts.

»Ja, es geht mir in jeder Weise gut.« Mauritius lächelte mir zu.

Die Stimme fragte etwas.

»Es könnte sein, dass es morgen Nachmittag wird.«

Diesmal bekam ich ihre Worte mit. »Ich hab verstanden.« Die Frauenstimme aus dem Telefon klang angenehm und lachte! Gleich darauf rief sie deutlich vernehmbar: »Na dann wünsche ich viel Glück!«

Mauritius nuschelte »bis morgen« und schaltete das Telefon wieder aus.

Die Situation fühlte sich komisch an. Ich hatte das eigenartige Gefühl, dass die Frau am anderen Ende der Leitung gewusst hatte, weshalb Mauritius nicht käme.

»Machst du das öfter mal?«, erkundigte ich mich so beiläufig wie möglich.

»Was meinst du?«, wollte er wissen.

»Na, über Nacht wegbleiben?«

»Nein, das ist Premiere, ich sagte doch schon, das ist Neuland für mich.«

»Warum kommt es mir dann so vor, als ob deine Frau wüsste, dass du nicht allein bist?«

»Sie kennt mich genau, sie hört an meiner Stimme, wie es mir geht, und sie weiß dann alles. Ihr könnte ich niemals etwas vormachen.«

»Aber sie hat gelacht! Ich glaube nicht, dass ich dabei lachen würde!«

»Möchtest du jetzt mehr darüber wissen? Oder möchtest du doch erst vorher noch ...?« Er schmunzelte und ließ sachte seine Hand meinen Rücken hinab gleiten.

Es fiel mir schwer, die Gedanken loszulassen. Doch Mauritius zog mich ins Zimmer hinein und schloss blitzschnell die Tür hinter uns.

»Das kann erst mal alles draußen bleiben! Es wartet dort schön brav und wird uns nicht verloren gehen. Aber es ist weit genug weg, um uns nicht zu stören.«

Sein Kuss tröstete mich ungemein. Seine Hände öffneten die Knöpfe meiner Bluse. Er ließ jedes Teil, das er mir auszog, bewusst achtlos fallen, und ich verstand es als Aufforderung, mein »Ich« ebenso fallen zu lassen.

Wir huschten zusammen unter die Dusche und seiften uns gegenseitig ein. Jede Berührung setzte uns unter Strom. Mauritius hob mich an und ich schlang die Beine um seine Hüften. Mein Rücken presste sich gegen die Glaswand der Duschkabine. Mit den Fingern suchte ich Halt an nassen, aber kräftigen Schultern. Das Wasser prasselte herab. Mauritius Lippen glitten über meine Haut, knabberten an meinem Ohr, küssten meinen Hals, wanderten zurück auf meinen Mund, der sich bereitwillig öffnete. Das Wasser rauschte ungeniert gegen unser Stöhnen an. Doch meine Lust brauchte mehr Bewegungsfreiheit. Ich stieß aus Versehen auf den Wasserhahn und beendete damit den Dauerregen. Mauritius ließ mich runter und dirigierte mich kurzerhand ins Schlafzimmer. Wir waren tropfnass, doch die Feuchtigkeit verdampfte im Nu zwischen uns.

Die nächsten Stunden versanken in Zeitlosigkeit.

☀

Am Mittag des nächsten Tages rekelten wir uns in den Falten des zerwühlten Bettes. Wir hatten die vielen Stunden über nichts gegessen, obwohl die Tüten mit den Lebensmitteln im Kofferraum des Autos standen. Uns genügte Wasser.

Tags zuvor hatte ich noch gestaunt, als Mauritius schon zu wissen schien, dass es Nachmittag werden würde. Jetzt wunderte mich gar nichts mehr. Ich hätte die ganze Welt umarmen können und fühlte mich unschlagbar. Ich stand auf, um vom Fenster aus in den Garten zu schauen. Ich wollte die Blumen, die Bäume, die gesamte Natur in meine weltumspannenden Glücksgefühle mit einbeziehen. Doch da draußen warteten auch die Gedanken, die wir dort zurückgelassen hatten.

Ich spürte Mauritius Aufmerksamkeit auf meinem Rücken ruhen und drehte mich langsam zu ihm um. Doch mich traf ein Blick, der unverkennbar erforschte, ob der rechte Zeitpunkt gekommen war. Ich wäre spontan am liebsten davon gelaufen. Jetzt hatte ich mehr, als zuvor zu verlieren, und wollte es nicht hergeben müssen. Mich beschlich eine Angst, die mir bald das Herz zuschnürte. Mauritius klopfte neben sich auf das Bett und bat mich leise, zu ihm zu kommen. Ich tappte trotzig auf die andere Bettseite und legte mich wieder neben ihn. Er lachte unbeschwert. Sein Lachen glättete mir die Sorgenfalten. Er zog mich an sich und ließ mich bei ihm einkuscheln. Die Geborgenheit, die seine Brust mir vermittelte, ließ mich wieder tiefer atmen.

»Die Frau an meiner Seite heißt Aurelia. Es ist mir lieber ihren Namen zu verwenden, wenn ich von ihr rede, als ›meine Frau‹ zu sagen. Du wirst später verstehen, warum.« Er hatte unvermittelt zu sprechen begonnen. Ich konnte nicht mehr entfliehen.

»Aurelia hat sich immer gewünscht, dass ich eine Frau wie dich kennenlerne. Sie hat gehofft, dass ich es schaffen würde, dich mit nach Hause zu bringen.«

Mauritius streichelte mich und ließ die Worte setzen, bevor er weitersprach: »Sie vertraut mir.«

Ich hatte mir fest vorgenommen, ihn nicht zu unterbrechen, ich wollte die ganze Geschichte zu Ende hören, bevor ich Fragen stellte, doch es gelang mir nicht. Zu abwegig schien mir das, was ich hörte.

»Warum sollte sie wollen, dass du eine Geliebte mit nach Hause bringst. Will sie sich quälen?«

Mauritius lächelte verständnisvoll und konnte meine Frage nachvollziehen. Doch wieder streichelte er mich erst eine Weile schweigend, bevor er weitersprach.

»Sie hofft, in dir eine Vertraute zu finden. Sie träumt davon, mich mit dir zu teilen, weil sie glaubt, dass sie dadurch ihre vorhandenen Aspekte erweitern könnte. Sie möchte sich durch dich vervollständigen. – Ich weiß, das verlangt sehr großes Vertrauen.«

Ich war sprachlos. Ich konnte nicht nachvollziehen, wie jemand so denken konnte. In dieser Welt verletzten sich die Menschen untereinander und spielten Machtkämpfe und Statusspiele. Woher nahm diese Frau den Glauben an eine Person, die sie liebevoll miteinbeziehen würde in ihre Liebe zum von beiden geliebten Mann?

Als wollte Mauritius auf meine Gedanken antworten, wiederholte er: »Sie vertraut mir. Sie kennt mich genau. Sie weiß, dass sie nichts zu befürchten hat. Ich könnte sie niemals verlassen.«

Mich beeindruckte das zutiefst. Er lag hier mit mir im Bett, in dem eben noch Funken in alle Himmelsrichtungen gesprüht hatten, und war sich doch völlig sicher, seine Aurelia niemals zu verlassen. Dennoch eine komische Konstellation. Im Stillen fasste ich noch einmal zusammen: Es ist also das erste Mal für ihn, dass er sich mit einer Frau trifft, weil er das bisher insgeheim wie einen Unfall vermieden hat. Vielleicht hatte er ja auch Angst vor der Versuchung? Er trifft sich nun endlich mit jener Frau, die in Wirklichkeit aber von seiner Frau herbei gewünscht wurde. Er verliebt sich unerwartet und hat Angst diese Frau wieder zu verlieren, weil er ihr sagen muss, dass er sie nur behalten kann, wenn sie auch seine Frau mit dazu nimmt. Gott, ist das kompliziert.

»Und was genau müsste ich unter ›dazu nehmen‹ verstehen?«

»Was?«

»Upps, ich hab wohl laut gedacht. Was erwartet denn deine ... ähm ... Aurelia von mir?«

»Ich glaube nicht, dass sie etwas von dir erwartet. Sie wünscht sich etwas.«

»Und das wäre?«

»Vielleicht solltest du sie das lieber selber fragen.«

»Früher wurde man ja noch den Eltern vorgestellt! ... Heutzutage stattdessen der Ehefrau!«

Ich hatte mir die Bemerkung nicht verkneifen können. Aber mein sarkastischer Tonfall tat mir auch schon wieder leid. Ich spürte doch, wie schwer es Mauritius fiel, mir die Angelegenheit zu unterbreiten. Aber ich wollte am liebsten gar nichts davon hören! Gewiss merkte er das. Doch ich ahnte zu diesem Zeitpunkt nicht, dass sich das, was er sagen müsste, nicht in Worten ausdrücken ließe.

»Angenommen, ich lasse mich darauf ein. Wie bitteschön sollte ich mir das vorstellen? Bei solchem Sex wie heute Nacht, das kann doch unmöglich direkt neben dem Schlafzimmer deiner ... äh, entschuldige, äh, neben ihrem Schlafzimmer geschehen. So abgebrüht ist doch kein Mensch! Also ich kann das nicht!«

»Sie möchte dabei sein«, vernahm ich unmissverständlich.

Mauritius hielt so still, dass sogar sein Anhalten des Atems zu dröhnen schien. Das war offenbar der Moment, vor dem er sich gefürchtet hatte; die Wegkreuzung, die unsere Wege trennen könnte.

Die Spannung in der Luft war bedrückend. Ich bekam eiskalte Füße, die trotzdem schwitzten. Nervös kratzte ich mich am Hals, rieb mir die Nase oder hüstelte. Da stand dieser kurze Satz mitten im Raum und löste eine beachtliche Sprachlosigkeit aus.

Ich wollte mich in Worte flüchten, in Fragen oder in irgendwelche Sätze, doch meine Kehle hatte sich in einen ausgetrockneten Brunnen verwandelt. Und so trocken, wie sie war, gelang es keinem einzigen Wort, aus mir herauszurutschen.

Ich kratzte mir die Stirn, ich knibbelte an den Fingernägeln, ich veränderte meine Sitzposition. Ich zappelte regelrecht und wurde umso unruhiger, je stiller Mauritius verharrte. Er schien versteinert zu sein. Doch vielleicht war er auch nur die Spinne, die darauf wartete, dass die zappelnde Beute endlich Ruhe gab, um dann ordentlich in Weben verpackt für später aufgehoben zu werden.

Ich hörte überraschend seine warme Stimme in mir nachklingen: »Vertraust du mir?«

War das im Park gewesen oder sogar schon vorher? Wo hatte er mich das gefragt? Allein die Erinnerung an seine Stimme beruhigte meine aufgeriebenen Nerven. Ich schaute zu ihm hin. Er hielt immer noch völlig still. Er merkte gewiss, dass ich ihn beobachtete, aber er zuckte nicht mal mit den Augenlidern. Ich streichelte vorsichtig mit der Rückseite meiner Finger über seine Wange; er sollte wieder lebendig werden.

Er wandte mir sachte den Kopf zu und traute sich, mir in die Augen zu sehen. Doch ich merkte, dass er nichts darin fand. Ich hatte keine Antwort für ihn. Das Einzige, was ich für ihn hatte: Ich war noch da. Ich war nicht weggelaufen. Mehr konnte ich im Augenblick nicht bringen. Mein Hirn hatte sich ausgeschaltet, um sich vor Überlastung zu schützen. Ich war ein hilfloses kleines Kätzchen, das nach Mamis Trost suchte. Ich wollte nicht mehr über diesen Irrsinn nachdenken müssen. Ich legte stattdessen meinen Kopf auf Mauritius Brust und schlief ein.

Unvorstellbar. Das war, als wenn ich inmitten eines Krieges einschlummern würde.

Ausgerechnet ich, die bei Aufregung niemals schlafen kann! Das war ein Witz.

Doch Mauritius streichelte mich sanft und behütete meinen Schlaf. Heute Nacht hatte es ja kaum welchen gegeben. Jetzt holte sich mein Körper, was er brauchte.

Als ich erwachte, schaute ich erstaunt um mich und wusste im ersten Augenblick nicht, wo ich mich befand. Selbst, ob es morgens oder abends war, konnte ich nicht sofort erkennen. Erst Mauritius fragende Augen holten mich in die Realität zurück.

»Mauritius, ich hab keine Antwort. Ich weiß nicht, was ich dazu sagen soll. Ich fühle mich völlig überfordert!«

Er lächelte und schien beruhigt zu sein. Offenkundig war er schon damit zufrieden, dass ich nicht das gesagt hatte, was er befürchtet hatte. Er streichelte mich überaus zärtlich.

»Lass uns essen gehen, ich habe einen Bärenhunger!« Seine schelmisch klingende Antwort kam unerwartet für mich. Wir huschten noch einmal unter die Dusche und zogen uns dann eilig an. Ich wäre am liebsten hier in dieser Zeitlosigkeit geblieben, doch Mauritius schien eine Uhr ticken zu hören. Und automatisch beeilte ich mich im Gleichtakt.

Als wir das Zimmer bezahlten, strahlte die Hausdame uns an, als wenn wir ihr die Hütte vergoldet hätten. Ich drehte mich unwillkürlich um, um die Vergoldung in Augenschein zu nehmen, als ich tatsächlich einen gewissen Schimmer wahrzunehmen glaubte.

»Puh, ich hab wohl zu lange nichts gegessen!«

»Wieso?«

»Ich kann Traum und Wirklichkeit nicht mehr so recht auseinanderhalten.« Ich ließ mich ins Auto fallen und schloss die Tür. Wehmütig schaute ich noch ein letztes Mal zurück auf das liebevoll gestaltete Gärtchen der Pension. Und ich suchte mit den Augen nach dem abgelegenen Zimmer, in dem sich in den letzten Stunden eine kleine Welt besonderer Art für uns aufgetan hatte.

Mauritius startete den Motor und fuhr schweigend los. Er fragte mich nicht einmal nach einem Restaurant. Er fuhr zielstrebig und schien sich was dabei gedacht zu haben. Ich aber war schon wieder müde und ließ das

Fenster runter. Ich wollte den Fahrtwind auf meinem Gesicht spüren. Erst, als Mauritius in eine kleine Siedlung fuhr, wurde ich stutzig.

»Hier soll es ein Restaurant geben?!«

Ich hatte wieder einmal laut gedacht und er entgegnete: »Hier gibt's richtig gutes Hausgemachtes. Lass dich überraschen.«

»Na gut, Überraschungen liebe ich immer!«

Er hielt vor einem zauberhaften Häuschen an, das einen verträumten, romantischen Garten um sich hatte. Ich schwärmte dieses Grundstück an und bemerkte dabei kaum, wie berührt Mauritius lächelte. Wir saßen immer noch im Auto. Er legte mir seine Hand auf den Oberschenkel und raunte mir zu: »Vertrau mir, alles wird gut.«

Es hörte sich wie eine Zauberformel an, und automatisch wiederholte sich der Satz in meinem Ohr: »Vertrau mir, alles wird gut.« Als wenn ich ihn mir einprägen müsste.

»Wir werden jetzt beide zusammen dort hineingehen. Und ich werde uns *Dreien* etwas Schönes kochen.«

Der Groschen fiel langsam, aber er fiel. Mit einem Mal versanken das eben noch angeschwärmte Häuschen und der traumhafte Garten in Nebel.

»Ich weiß nicht, ob ich das kann«, stammelte ich hervor.

»Aber ich weiß, dass du kannst«, versprach Mauritius, als wäre er mein Lehrmeister.

Ich stieg brav aus und folgte ihm zum Gartentor. Mauritius kam mir auf einmal riesig vor, mir schien, er wäre inzwischen einen Meter gewachsen. Oder schrumpfte ich in mich zusammen? Wir lösten uns scheinbar im Nebel des Häuschens auf, bis wir in ihm standen.

Mauritius hatte logischerweise wie gewöhnlich die Haustür aufgeschlossen. Aber in mir tobte währenddessen ein Wirbelsturm, der mich veranlasste, die Augen geschlossen zu halten. Mir ging so Vieles gleichzeitig durch den Sinn.

»Willst du sie nicht wenigstens vorwarnen?«, ermahnte ich ihn. Ich stellte es mir nicht so toll vor, wenn der Mann einfach diejenige mit nach Hause brachte, mit der er die Nacht und den nächsten Tag verbracht hatte.

»Sie hat uns schon gesehen.« Seine Stimme versuchte, mich zu beruhigen.

Ich hatte einen Kloß im Hals. Ich wusste nicht, was mich da erwartete. Ich hatte Mauritius nicht mal gefragt, wie sie denn wohl ungefähr aussehen würde. Gewiss hätte er ein Bild bei sich gehabt, schoss es mir durch den Kopf.

Die Zimmer gingen stufenlos ineinander über. Wir traten aus dem kleinen Flur nach rechts in die Küche und dort nach links ins Wohnzimmer.

Ich schrumpfte ein weiteres Stück in mich zusammen.

In der Mitte des Wohnzimmers saß sie und schaute uns erwartungsvoll entgegen. Ich wartete und wollte Mauritius den Vortritt lassen, um seine Aurelia zu begrüßen. Doch er blieb hinter mir und hielt mich fest an beiden Schultern.

Ich holte tief Luft und gab mir einen Ruck, um mich artig vorzustellen: »Guten Tag, ich bin die Leila, aber ... Mauritius hat mich ein bisschen damit überrumpelt, dass er mich hierher mitgenommen hat. – Angeblich wollten wir nur essen gehen.« Auf meiner Stirn bildeten sich Schweißperlen.

Die Frau in dem Rollstuhl sah bezaubernd sinnlich aus. Ihre Augen wirkten sanft und wissend, ihr Lächeln streichelte mir meine Unsicherheit aus dem Gesicht. Sie streckte beide Arme nach mir aus wie ein Kind, das die Welt nur von seiner harmlosen Seite her kennt. Dabei ringelten sich ihre kastanienbraunen Haare über ihre Arme und schienen ebenfalls ›Hallo‹ zu sagen.

Ich näherte mich dieser Frau, in deren Ausstrahlung ich meine Anspannung fallen ließ wie ein unnötiges Gepäckstück. Ich kniete mich vor ihren Rollstuhl, um nicht größer zu sein, als sie.

Ihre Hände umfassten mein Gesicht, als wenn sie mich längst schon kennen würde. Sie schaute mir in die Augen und lächelte und weinte.

Hätte sie vor mir gestanden, wäre ich ihr ohne zu zögern um den Hals gefallen. Ich hätte sie in den Arm genommen und nicht darüber nachgedacht, dass sie wusste, dass ich heute Nacht mit ihrem Mann geschlafen hatte. Doch der Rollstuhl zwang sie zum Sitzen, und es ist nicht leicht, sich auf diese Weise spontan zu begrüßen und dabei nahe zu kommen. Ich wusste ja noch nicht einmal, warum sie an den Rollstuhl gefesselt war.

Tat ihr etwas weh? Ich wusste nichts. Ich wusste überhaupt nichts!

Mauritius trat zu ihr und beugte sich ein wenig über den Rollstuhl. Er griff ihr unter die Arme und sie umklammerte seinen Hals. Auf diese Weise hob er sie aus dem Sitz heraus und stellte sie vor sich hin. Er küsste sie.

Es war mir peinlich, dass er in den vergangenen Stunden mich geküsst hatte, während sie vertrauensvoll hier auf ihn wartete. Ich wollte sachte ein wenig zurücktreten vom Geschehen, doch Mauritius langer Arm ergriff mich und zog mich stattdessen zu den beiden heran. Als ich nahe bei ihnen stand, schaute er mir in die Augen. Ich sah wieder Licht am Ende meines Tunnelblicks.

Ein seidig weicher Frauenarm legte sich um meine Schultern; Aurelias Hand streichelte sachte meinen Hals. Mauritius Augen schienen mit mir zu sprechen. Ich wandte mich Aurelia zu, um sie ›von gleich auf gleich‹ anzusehen. Doch unversehens lagen ihre Lippen auf meinen. Diese Frau küsste mich, während ihr Mann sie stützte. Ich verlor die Fassung; meine Tränen stürzten mir aus den Augen. Ich taumelte rückwärts und sank auf den Boden nieder.

»Ich kann das alles nicht verstehen! Es ist zu viel für mich, ich weiß nicht, wie ich mich verhalten soll, ich weiß nicht was ›richtig‹ und was ›falsch‹ ist!«

»Leila, sei einfach du selbst. Höre auf zu denken. Lass geschehen oder handele, aber denke nicht.«

Ihre Stimme sprach meinen Namen überaus zärtlich aus. Mein rechtes Augenlid flatterte fast wie ein Schmetterling. Diese Frau hatte bei mir den Eindruck erweckt, sie würde mich ebenso lieb haben wie Mauritius. Wie konnte das sein? Ich schluchzte hemmungslos.

»Wir haben sie überfordert«, vernahm ich Mauritius gedämpfte Stimme.

Könnte ich mich doch bloß an seine Brust flüchten, dachte ich. Aber wie sollte ich.

Mauritius setzte Aurelia in den Stuhl zurück, streichelte ihr scheinbar zufällig über die linke Brust, ließ einen Augenblick seine Hand auf ihrem Bein ruhen und tauschte mit ihr Blicke, die gewiss mehr sagten, als Worte. Leider stand Mauritius davor, so dass ich nicht mal ahnungsweise auffangen konnte, was da durch den Raum flog. Doch mein Interesse erwachte und meine Tränen versiegten.

Mauritius kam auf mich zu und streckte mir einen Arm entgegen. Er zog mich vom Boden hoch und reichte mir ein Taschentuch. Ich nuschelte eine Entschuldigung: »Ich hab jeglichen Boden unter den Füßen verloren, es tut mir leid. Du hättest mich lieber nicht herbringen sollen! Wozu soll das gut sein?! Ich weiß nicht, was ihr von mir erwartet!«

»Niemand erwartet hier etwas von dir, niemand außer dir!« Aurelia war herangerollt und griff nach meiner Hand. »Du brauchst keine Angst zu haben, wir nehmen nur, was du von dir aus gibst. Aber du bekommst, was immer du nehmen willst.«

Sie schwieg einen Moment, bevor sie nachsetzte: »Unter einer Bedingung: Ich werde nicht ausgeschlossen und du versuchst nicht, Mauritius von mir zu trennen.«

Das hörte sich einfach an, aber ...

»Wie kann ich mir etwas von Mauritius nehmen, ohne das Gefühl zu haben, es dir wegzunehmen? Ich werde nicht wagen, ihn zu ... ähm ... wollen.«

»Du wolltest ursprünglich ›lieben‹ sagen, warum hast du es nicht ausgesprochen? Was ist schlecht an der wahren Liebe?«

»Ich will dir nichts wegnehmen!«, wiederholte ich.

Aurelia erwiderte sanft: »Liebe wird nicht weniger, die kannst du niemandem wegnehmen, nicht die wahre Liebe. Was du nehmen kannst, sind andere Dinge, aber nicht die alles durchdringende Liebe. Hier trennt sich die Spreu vom Weizen.«

Ich stimmte ihr zu, obwohl ich mir nicht im Geringsten vorstellen konnte, in was ich hier hineingeraten war. Ich verspürte eine seltsame, unerklärbare Zuneigung zu dieser Frau, die ich eben noch nicht gekannt, doch die mich bereits geküsst hatte.

Was für einen Atem hat sie mir da eingehaucht, fragte ich mich. Ich war hin- und hergerissen zwischen Mauritius liebevoll auf mir ruhendem Blick und Aurelias intensiver Wirkung auf mein gesamtes Gefühlsleben. Sie vermochte es, meine Zweifel zum Verstummen zu bringen; ich verstand nicht wie.

Es schien, als könne sie nach Belieben mein Begehren nach Mauritius wieder aufflammen lassen. Ich merkte, dass sie es bewirkte. Sie war der Dirigent, der den Musikern die Töne entlockte, die sie ohnehin gerne spielen wollten.

Das Licht im Zimmer flackerte. Neben dem Fenster stand eine altmodische Stehlampe mit seidenem Lampenschirm, die bräunliches Licht verströmte, und mich an die Lampe meiner Großmutter erinnerte; ich hatte speziell diese immer besonders gemocht und war überrascht, sie hier wiederzutreffen. Das übrige Zimmer verwandelte sich, als wäre es eben durch eine Zeitmaschine gerutscht. Auf einer Stange in der linken Hälfte des Zimmers saß ein farbenprächtiger Papagei. Doch ich konnte nicht sogleich erkennen, ob der überhaupt lebendig war. Warum war mir der nicht gleich am Anfang aufgefallen?

Aurelia rollte aus dem Zimmer, die Tür öffnete sich vor ihr von selbst. Sie drehte sich nach mir um und gab mir wortlos zu verstehen, ihr zu folgen. Ich tat es willenlos.

Nach diesem Wohnzimmer gab es noch einen kleinen Flur, von dem aus Türen in weitere vier Zimmer führten. Eine bemerkenswerte Architektur. Hierher gelangte man nur, wenn man vom ersten Flur durch die Küche und das Wohnzimmer gekommen war. Diese Wegführung betonte die geheimnisvolle Atmosphäre des Hauses.

Hinter der Tür links von mir vermutete ich das Bad, weil der kleine Glaseinsatz derselbe war, wie bei mir zu Hause am Badezimmer. Gegenüber, zwischen den beiden Türrahmen, stand ein honigfarbener, dreitüriger Holzschrank mit Spiegeltüren.

Ich verharrte einen Moment im Durchgang der Wohnzimmertür. Links und rechts neben dem Türrahmen standen große Holz-Kommoden, die den gleichen angenehm warmen Farbton hatten, wie der Schrank. Auf ihnen standen Bücher und vor denen Kerzenhalter, die indisch aussahen.

An der Wand über den Kommoden hingen Spiegel, die genauso breit waren, wie die großen Kommoden. Die Symmetrie, die der kleine Flur durch die Anordnung der Möbel bekam, harmonisierte den gesamten Raum. Ich fühlte mich dort augenblicklich geborgen.

Aurelia war nach rechts gerollt. Sie näherte sich langsam der Tür, die sich nicht automatisch vor ihr öffnete. Aber Aurelia rollte achtsam weiter. Zentimeter um Zentimeter. Schließlich knackte es und die Tür tat sich doch vor ihr auf. Aurelia schüttelte den Kopf wie ein Hund, der aus dem Wasser kommt. Sie schien etwas von sich abzuschütteln, ich sah nicht, was. Stattdessen fragte ich mich, ob sie Türen mit Willenskraft öffnen konnte. Doch ebenso schnell verdrängte ich diesen verstörenden Gedanken.

»Schau mal, das ist dein Zimmer.« Der warme weiche Klang ihrer Stimme lenkte einen Augenblick lang von dem ab, was sie gesagt hatte.

»Mein Zimmer?«, konterte ich etwas verzögert und begriff nicht, was sie meinte.

Ich wollte es nicht begreifen, würde allerdings eher passen.

»Es gibt hier drei Schlafzimmer nebeneinander, wie dir aufgefallen ist. Ich habe dir angemerkt, dass du durch alle Türen hindurch geschaut hast. Auch ohne sie zu öffnen. Du weißt also bereits, welche Tür in welches Zimmer führt.«

Wie machte sie das? Warum war sie in meinem Kopf so gut wie zu Hause? Ich glaubte wahrhaftig, dass neben dem Bad, und somit links vom großen Spiegelschrank, Mauritius Zimmer wäre. Und ich hatte so eine gewisse Ahnung, dass die Tür rechts vom Schrank in ihr Zimmer führte. Lediglich über das daneben liegende Zimmer, dessen Tür stirnseitig lag und somit direkt gegenüber der Badezimmertür, hatte ich keine Vermutungen angestellt.

Es erschreckte mich, dass sie erwartete, ich würde dort einziehen. Aber musste ich mich denn wirklich noch darüber wundern?

»Geh bitte vor mir hinein. Kommst du noch an mir vorbei?« Sie lenkte ihren Rollstuhl ein wenig nach links. Ich machte mich dünn und drückte mich seitlich zwischen ihrem Gefährt und der Kommode hindurch. Mehr, um der unbequemen Lage zu entkommen, betrat ich das Zimmer.

Doch wie überrascht war ich! Dieser Raum war gemütlich eingerichtet und gefiel mir überaus gut. Es war eigentümlich. Es fühlte sich an, als wenn ich die Möbel selbst für mich ausgesucht hätte. Jedes Möbelstück entsprach meiner Wesensart und stand an genau dem Platz, an dem es meinem Bedürfnis zusagte. Fragend schaute ich mich nach Aurelia um, die immer noch außerhalb des Zimmers verharrte.

»Komm doch mit rein! Es ist wirklich schön hier!« Ich war verblüfft von meinen eigenen Worten. Ich war mir sicher, dass sie dieses Zimmer eingerichtet hatte. Was für einen Eindruck machte es denn, wenn ich sie nun zu mir hinein einlud!

Doch Aurelia strahlte übers ganze Gesicht und wirkte, als hätte sie genau auf diesen Satz gewartet. Sie rollte schwungvoll ins Zimmer hinein und schien es dabei gleichsam mit einem goldenen Flimmern zu erfüllen.

Genau der Tür gegenüber erstreckte sich ein dreiflügeliges Fenster. Mein Blick fiel in den verträumten Garten, der mich schon von draußen so fasziniert hatte.

Aurelia rollte ans Fenster, als wenn sie meinem Blick folgen würde. Ich stellte mich hinter sie und legte beide Hände auf ihre Schultern. Dabei durchflutete mich eine unerwartete Wärme und das Zimmer schien golden aufzuleuchten. Ich beugte mich zu Aurelias Kopf herab und küsste sie auf den Scheitel.

Was auch immer in diesem Moment geschah, ich verliebte mich schlagartig in sie! Uns umgab ein feines Leuchten, das jegliche Zeit anzuhalten vermochte. Diese Frau war magisch. Sie hatte es mir angetan. Während der letzten Sekunden hatte ich nur noch sie im Sinn. Nichts anderes, als das Leuchten, das von ihr ausging.

Doch dann ging mein Blick auf Wanderschaft. Links von uns stand ein großes Bett, dem man ansah, dass es für mehr als eine Person gedacht war. Die beiden Nachttischchen links und rechts davon hatten den gleichen angenehmen Honig-Farbton, wie die Holzmöbel draußen im Flur.

Der Bettüberwurf sah aus wie ein Zaubermantel. Seine Farben und Formen verführten die Augen, in andere Welten zu entfliehen.

Es gefiel mir in diesem Raum. Ich fühlte mich unvermittelt in einen stillen Seelenfrieden versetzt. Mein Bedürfnis, meiner eigentümlichen Situation zu entkommen, hatte sich restlos verflüchtigt.

Ein überschwängliches »Danke!« entsprang meinem Herzen. Ich strahlte beglückt in den Raum hinein und hätte die ganze Welt küssen mögen.

Auf Aurelias Wange rollte eine Träne hinab, die regenbogenfarben schillerte. Womöglich spiegelten sich die Farben des Zaubermantelbettüberwurfs darin wider. Doch mich überkam beim Anblick dieser einsamen Träne das Gefühl, von angenehm warmen Sonnenstrahlen überflutet zu werden. Zuerst strahlte es über mein Gesicht, dann über Brust und Bauch, bis die Wärme von allen Seiten in mich eindrang. Sie erwärmte mir das Herz.

Ich liebte diese Frau. Und wie ich sie liebte! Aurelia schien glücklich zu sein, ich wusste, dass sie diese Träne vor Glück weinte, ich spürte es und konnte sie auf einmal sogar verstehen.

Lächelnd wendete sie den Rollstuhl und fuhr aus dem Zimmer hinaus.

Ich dachte, sie würde mir nun auch die anderen Zimmer zeigen, doch sie antwortete auf meinen Gedanken: »Alles zu seiner Zeit.«

Just in dem Augenblick, als ich das Wohnzimmer betrat, und wir uns beide dem Sofa näherten, trat Mauritius aus der Küche zu uns. Er fragte, ob wir bereit wären, uns von ihm verwöhnen zu lassen. Wir lachten alle drei gleichermaßen, denn obwohl hier der Koch gesprochen hatte, verstanden doch allesamt nur allzu gerne auch den Hintergedanken.

»Oh ja, in jeder Weise«, antwortete ich wahrheitsgemäß. Ich kicherte und folgte ihm in die Küche, in der es herrlich duftete. Mir war rätselhaft, wie Mauritius in der kurzen Zeit so viel Verschiedenes hatte zubereiten können. Mir schwante inmitten meines Staunens, dass es mit den geheimnisvoll abgeschotteten Zimmern noch etwas anderes auf sich haben könnte. Denn ich hatte in diesem Bereich nirgends eine Uhr entdeckt, obwohl hier im vorderen Teil des Hauses überdurchschnittlich viele Uhren existierten. An jeder Wand konnte man das Verstreichen der Zeit im Auge behalten.

Ich lächelte versonnen, denn ich stellte auf einer jener Uhren fest, dass der frühe Abend angebrochen war. Wie zur Bekräftigung dieser Erkenntnis knurrte mein Magen so lautstark und anhaltend, dass es keinem entging, und neuerliches Lachen auslöste. Mir kroch derweil der verlockende Geruch der überbackenen Zucchini in die Nase.

Mauritius hatte eine weiße Schürze um und sah mit seinem feinen Hemd darunter aus wie ein italienischer Gourmetkoch. Ich lächelte ihn an, seine Lippen glänzten von der Verkostung der Gerichte. Ich hätte ihm am liebsten das warme Olivenöl von seinen vollen Lippen geleckt, doch im Augenblick siegte der schon zu lange übergangene Hunger.

Ein kurzer Anflug eines Gedankens überraschte mich. Ich stellte fest, dass ich jetzt keine Scheu mehr hatte, mich innerhalb dieses Hauses zu meinen Gefühlen zu Mauritius zu bekennen. Aurelia war nicht mehr außerhalb von uns, sie gehörte auf einmal dazu. Als wenn sie sowohl ein Teil von ihm, als auch ein Teil von mir wäre.

Ich stutzte und legte das Besteck wieder beiseite. Mein Stoßseufzer wurde von den beiden, die mich ansahen, verständnisvoll lächelnd nachgeahmt. Als ich abwechselnd in ihre Augen schaute, wusste ich, dass sie meine Erkenntnis nicht nur erfühlt hatten, sondern auch von Herzen begrüßten.

Ich wusste noch immer nicht, wo ich hier hinein geraten war, aber es begann mir zu gefallen. Ich konnte nicht nur wieder frei atmen, sondern auf seltsame Weise viel freier als sonst.

Das Essen schmeckte köstlich. So ausgehungert wie ich war, musste ich mich mächtig bremsen, um mich nicht sinnlos vollzustopfen. Gott, war ich gierig! Im Stillen fragte ich mich: Wie hab ich meinen Hunger nur so lange übergehen können?!

Ich kratzte und schabte die am Teller angebackenen Käsereste, um Zeit zu schinden, in der mein Magen endlich registrieren sollte, dass er voll war. Aurelia und Mauritius amüsierten sich köstlich über mich. Ich musste ihnen nichts erklären. Sie spürten und verstanden alles an mir.

Nur wenige Stunden zuvor hätte mir das sowohl Angst eingejagt als auch Fluchtgefühle in mir ausgelöst. Doch jetzt vermittelte es mir ein Behaglichkeitsgefühl des Angekommen-Seins. Vereinzelt spürte auch ich ihre Empfindungen oder ahnte ihre Gedanken, obwohl ich bezweifelte, dass ich darin ebenso perfekt war, wie sie bei mir.

Nach dem Essen wurde ich müde. Noch am Tisch sitzend rekelte und streckte ich mich und gähnte herzzerreißend. Mauritius fiel in mein Gähnen ein und wir kringelten uns bald vor Lachen.

Beim Essen hatte keiner ein Wort gesagt. In anderen Situationen wäre es mir komisch vorgekommen, völlig schweigend miteinander zu essen. Aber zu unserer Runde hatte es gepasst und außerdem ermöglicht, mit der Aufmerksamkeit vollkommen bei dem zu sein, was man genoss. Dass aber der erste gemeinsame Laut ein schallendes Lachen war, verbreitete schon an sich wieder gute Laune. Ich stand im Gleichtakt mit Mauritius auf und half ihm dabei, den Tisch abzuräumen.

»Du hast großartig gekocht, du wirst immer liebenswerter!« Ich gab ihm einen Klaps und er wusste, dass das nur ein Scherz gewesen war. Trotzdem sehnte ich mich augenblicklich nach all den anderen liebenswerten Dingen, die er an sich hatte.

Er wandte mir den Rücken zu und wusch sich die Hände. Er streifte außerdem zweimal mit der nassen Hand über den Mund. Dann rupfte er sich ein Stück Papier von der Haushaltsrolle und tupfte sich den Bart trocken. Ich feixte und trat ebenfalls an die Spüle, um mir die Hände zu waschen. Die kleine Mundwaschung ahmte ich ebenso nach. Mauritius reichte mir ein Blatt Papier. Allein diese entgegenkommende Geste kam mir wie eine Umarmung vor. Ich reckte ihm prompt meine Arme entgegen und schlang sie ihm um den Hals. Seine Hände verwandelten sich flugs in Tigertatzen und strichen herausfordernd über meinen Rücken hinweg abwärts. Meine Lust sprang augenblicklich aus dem Hintergrund hervor. Aber unsere Mägen rebellierten gegen jegliche Berührung der Bäuche. Reflektorisch entzogen wir uns unserer allzu engen Umarmung.

Ich spürte Aurelias Blick auf uns ruhen. Sie konnte unsere Empfindungen mit ihren Augen von uns ablesen und mitspüren. Das dachte ich in diesem Moment jedenfalls. Später begriff ich, dass sie uns bei Weitem näher war und ihre Augen nicht dazu brauchte.

Wir hatten uns maßlos überfressen. Und so diktierte unser Zustand uns eine Zwangspause an Nähe.

Während ich ins Bad verschwand, von dem ich ja schon wusste, wo es zu finden war, begleitete Mauritius Aurelia durchs Wohnzimmer. Ich glaubte, er brächte sie zu ihrem Zimmer und würde ihr ins Bett helfen. Ich ahnte ja nicht, dass ich mit meiner Vermutung voll daneben lag.

Als ich aus dem Bad heraus kam, schloss sich die Tür zu Aurelias Zimmer hinter ihr. Und Mauritius verschwand soeben in seinem Zimmer.

Einen Augenblick lang hätte ich ihn gern spontan zurückgehalten oder wäre ihm gefolgt. Doch mich überfiel das starke Gefühl, dass er sich absichtlich nicht nach mir umgedreht hatte. Und folgerichtig verschwand ich in meinem Zimmer, das mich sofort freundlich in sich aufnahm.

Ich verpasste der Tür einen sanften Schubs, der zwar nicht genügte, um sie ins Schloss fallen zu lassen. Doch ich ignorierte das und ließ mich geradenwegs aufs Bett plumpsen. Ich stöhnte auf, mein Magen verlangte Schonbehandlung. Vorsichtig richtete ich mich wieder auf und zog behutsam den Bett-Überwurf herunter. Ich legte ihn sorgfältig zusammen und brachte ihn auf die Holztruhe am Fußende des Bettes.

Dann trat ich ans Fenster und schaute in den Garten. Ich lächelte ihn an wie einen weiteren Vertrauten in dieser Umgebung. Der Dritte im Bunde all der mich sofort verzaubernden Wesenheiten. Die Zweiglein winkten mir zu, die Blumen nickten mit den Köpfchen, ein feiner Wind strich durch sie hindurch.

Mir fielen die Augen zu, und ich döste fast im Stehen ein. Ich tappte zurück auf die linke Seite des Bettes und zog mich aus. Beim Berühren meiner nackten Haut verspürte ich ein Prickeln, als wenn mich jemand anderes berührt hätte. Erst dachte ich, als wenn Mauritius mich ... doch das stimmte nicht, ich konnte nicht unterscheiden, ob sie oder er.

Meine Hände legten sich auf meinen Bauch und strichen sanft nach oben, sie streichelten meine Brüste, bis meine Brustwarzen hervortraten und sich an die letzte Nacht erinnerten.

Aber ich ließ mich rückwärts ins Bett fallen und kroch unter die Decke. Ich wollte schlafen. Ich musste träumen, um die verrückten Ereignisse der letzten Stunden zu verdauen.

2 ☼ Magie im Spiel

Als ich erwachte, schien der Mond zum Fenster herein und beleuchtete den Bereich zwischen Fenster und Tür. Es kam mir vor, als sollte ich zur Tür gehen, um sie zu öffnen. Mir fiel auf, dass sie nur angelehnt war.

Ich wollte wissen, wie spät es war. Doch weit und breit gab es keine Uhr. Ich erinnerte mich daran, dass mir das Fehlen der Uhren in diesem Bereich des Hauses schon einmal aufgefallen war. Dennoch stand ich auf und hoffte, im Flur vielleicht eine übersehen zu haben.

Ich zog an der ohnehin einen Spalt breit offenen Tür und spähte hinaus. Ich suchte die Wände nach einer Wanduhr ab und fand wieder keine. Auch auf den Kommoden hatte sich nichts verändert.

Ich öffnete die Tür gänzlich, schaute in den Spiegel, der über der Kommode direkt neben mir hing, und stellte fest, dass ich von dort aus in den Spiegel des großen Schrankes schaute, in welchem sich wiederum der nächste Spiegel über der anderen Kommode zeigte. So über drei Ecken schaute ich geradewegs auf Mauritius Tür, die sonst hinter dem imposanten

Schrank für meinen Blick verborgen geblieben wäre. Es schien wahrlich ein Spiegelkabinett zu sein. Plötzlich fühlte sich dieser kleine Flur viel größer an, als er in Wirklichkeit sein konnte.

Ich starrte gebannt auf Mauritius Tür, als wäre ich eine Katze, die hören könnte, was sich hinter der Tür tat. Ich stierte fast schon Löcher ins Türblatt, als sich tatsächlich eine transparente Vakuole auf ihr abbildete. Ich riss die Augenbrauen hoch und die Augen weit auf. Träumte ich oder schlafwandelte ich gar? Ich fühlte mich doch vollkommen wach! Ich wollte mich leise zu der geheimnisvollen Tür schleichen, doch rammte heftig gegen die Kommode. Ich hatte für einen Moment vergessen, dass ich nicht einem Weg durch Spiegel folgen konnte. Ich schüttelte kurz den Kopf und kniff die Augen zusammen. Als ich sie wieder öffnete, tat ich einen Schritt geradeaus in den Flur hinein und noch einen und einen dritten. Ich zwang mich dabei, nicht in die Spiegel zu sehen, die mir auf einmal gespenstisch wesenhaft vorkamen.

Endlich stand ich vor Mauritius Tür und legte beide Hände darauf. Da war nichts

Transparentes zu finden. Ich hatte insgeheim gehofft, ich könnte heimlich ins Zimmer hinein lugen, doch die Transparenz war eine Illusion gewesen. Eine, die es ganz schön in sich gehabt hatte. Ich lehnte meine Wange ans kühle Türblatt und merkte dabei, wie sehr sie glühte. Die Kühle tat gut. Ich schloss die Augen und genoss die Stille um mich.

Ich hatte den Eindruck, zwischen meiner und seiner Tür lag eine Ewigkeit. Es war keine messbare Wegstrecke, es war eine eigenständige Sphäre. Ein Raum aus Zeit oder Zeit als Raum.

Während mein Verstand sich an diesem Gedanken die Zähne auszubeißen versuchte, lauschte ich. Hatte ich nicht doch etwas rascheln gehört? Ich glaubte, Schritte zu hören, die sich der Tür näherten. Und schlagartig wurde mir bewusst, dass ich gerade splitterfasernackt dastand. Und zwar in jeder Weise. Sowohl wortwörtlich, als auch enttarnt bei meiner Spioniererei.

Ich drehte mich schnell nach links und griff hilfesuchend nach der nächstgelegenen Türklinke. Ein Fluchtweg ins Badezimmer, ›na super‹. Ich schloss hinter mir die Tür und setzte mich auf den Wannenrand. Von da aus starrte ich auf das mir gegenüber hängende Waschbecken. Es war riesig und unüblich weit unten angebracht. So wirkte es wie eine Babybadewanne.

Ich merkte, dass ich Unsinn dachte und hoffte, ein kühler Kopf könnte mir weiterhelfen. Ich erhob mich vom Wannenrand, drehte den Hahn am Waschbecken auf und ließ eiskaltes Wasser über mein Gesicht laufen.

Am Abend zum Essen hatte es weder Bier noch Wein gegeben. Ich fühlte mich dennoch deutlich berauscht. Das Wasser floss breit und weich über meine Lippen; ich öffnete meinen Mund und schlürfte es geräuschvoll ein.

Neben dem Waschbecken hingen drei Handtücher. Ich wusste sofort, dass eines davon für mich bestimmt war und staunte nicht schlecht, woran hier alles gedacht worden war. Die Handtücher waren weiß, alle drei, nur die Farben der Handtuchhaken an der Wand unterschieden sich, der erste war türkisfarben, der zweite lila und der dritte zartgrün. Ich schmunzelte und stellte fest, dass sie in der Reihenfolge der Schlafzimmertüren angebracht waren, Mauritius, Aurelia und ich, Leila.

Doch woher wusste ich, dass das stimmte? Ich kann es nicht sagen, ich war mir einfach sicher. Zugleich entsprach es unseren jeweiligen Lieblingsfarben. Auch das wusste ich instinktiv, obwohl ich es nur in meinem Fall sicher sagen konnte.

Ich trocknete mir das Gesicht ab und stellte erst jetzt fest, dass es hier im Bad keinen Spiegel gab. Wie merkwürdig, dachte ich, während ich vergeblich die Schranktüren des Badschränkchens aufklappte, um womöglich auf dessen Innenseiten einen Spiegel zu finden. Nein, kein Spiegel, stattdessen im Inneren des Schrankes unter anderem drei Zahnputzbecher nebeneinander. Und wie sollte es anders sein, einer in Türkisblau, einer in Lila und einer in Zartgrün. Ich fragte mich, seit wann Aurelia schon gewusst haben mochte, dass ich hier eintreffen würde. Und warum sie meine Lieblingsfarbe kannte.

Doch was wusste diese Frau nicht über mich? War es nicht genau umgekehrt und ich war passend zu ihren Wünschen ausgesucht worden? Hatte Mauritius lediglich diejenige in mir erkannt, nach der Aurelia schon so lange gesucht hatte?

Ich fröstelte auf einmal. Meine Gedanken taten mir nicht gut. Ich setzte mich aufs Klo und erleichterte mich. Auf Knopfdruck spülte ich auch meine Gedanken hinfort.

Als ich das Bad verließ, brannte Licht im Flur. Ich hatte definitiv keines angemacht. Mir waren zuvor nicht einmal die Lämpchen aufgefallen. Die Rahmen der Spiegel versteckten sie ein wenig. Doch sie waren eindeutig zu erkennen. Sie gaben freundliches, goldenes Licht ab und täuschten einen milden Sonnenuntergang vor.

Das Spiegelglas jedoch war jetzt verdunkelt wie ein abgeblendeter Rückspiegel im Auto. Auf diese Weise vermochte ich nicht, den vorhin geschauten Weg durch die Spiegel hindurch zu erkennen. Ich war mir sicher, dass hier Absicht waltete. Hatte ich vorhin etwas entdeckt, dass nicht für meine Augen bestimmt gewesen war? Oder wurden die Spiegel gerade von jemand anderem benutzt und waren schon besetzt? Allein diese Fragen verwirrten mich. Die Antwort darauf wollte ich lieber nicht so schnell wissen.

Immerhin war der Flur jetzt ein ganz normaler kleiner Flur. Keine Zeit als Raum, kein

Raum aus Zeit. Einfach nur ein Flur, nicht mehr und nicht weniger. Ich huschte hindurch und stupste meine Tür auf. Das Licht hinter mir dimmte sich herunter. Stattdessen schalteten sich die Lämpchen auf meinen beiden Nachttischen ein. »Zauberei am Kaffeetisch«, murmelte ich vor mich hin.

Als ich hinter mir die Tür schließen wollte, prallte sie gegen einen weichen Widerstand. Im Türrahmen stand Mauritius, der die Wucht der Tür mit seiner Hand aufgefangen hatte.

»Darf ich?«, fragte er höflich. Er kam nicht einen Schritt weiter, bevor ich nicht zustimmend genickt hatte.

Ich trat irritiert zwei Schritte zurück, statt ihm vor Freude um den Hals zu fallen. Auch er war splitterfasernackt, und zu meiner Überraschung verstörte es mich ein wenig. Ich drehte mich um und huschte schnell ins Bett. Ich setzte mich unter der Bettdecke wieder auf, zog die Beine an und lehnte mich an die Rückwand. Jetzt fühlte ich mich deutlich sicherer und konnte den nackten Anblick vor mir durchaus schon wieder genießen.

»Wenn du dich vor mir versteckst, dann will ich auch lieber in Deckung gehen«, spöttelte er.

Ich hob die Decke neben mir an und witzelte zurück, »hier hast du Deckung, musst nur herkommen«.

Mir war rätselhaft, warum mir das eben peinlich gewesen war. Ich verstand die Welt nicht mehr. Sehnte ich mich denn nicht nach einer Fortsetzung der vorangegangenen Nacht? Aber die Welt war nicht mehr dieselbe wie gestern. Alles hatte sich verändert, ich befürchtete, wir uns auch.

Aber Mauritius huschte unter die Decke, griff nach mir und zog mich fest in seine Arme. An seiner Brust umhüllte mich der gleiche Duft, der mich gestern so berauscht hatte. Ich schmiegte mein Gesicht an seine samtene Haut und überlies mich meinen Sinnen. Seine streichelnden Hände nahmen die gleichen Wege, die sie gestern bereits erforscht hatten. Wir schlugen die Decke zurück, um völlige Bewegungsfreiheit zu haben, und überließen uns diesem überwältigenden Rausch, der für Sekunden oder Minuten alle Sinne für sich einnahm. Doch dann schoss mir ein Gedanke durch den Kopf, der mich blitzartig aufschrecken ließ.

»Mauritius! Wir dürfen doch nicht! Aurelia!« Ich versuchte, mich aufzurichten.

»Was Leila, was meinst du?« Er streichelte mir tröstlich über die Wange und schaute mir aufmerksam in die Augen. Allein für diesen Blick voller Aufmerksamkeit hätte ich vor ihm hinschmelzen können. Doch ich hatte noch die Bedingung im Ohr, die Aurelia mir gestellt hatte.

»Wir dürfen sie nicht ausschließen! Du hast selber zu mir gesagt, dass sie dabei sein will.«

Mauritius lächelte und streichelte mir über die linke Brust.

»Keine Angst, wir haben sie nicht ausgeschlossen, du nicht, wie man gerade merkt, und ich sowieso nicht. Nur weil sie nicht hier ist, heißt das nicht, dass sie nicht bei uns wäre. Wir tragen sie in unserem Herzen, du weißt es, du musst dich nur erst daran gewöhnen. Mache dir keine Gedanken und vertraue der Liebe. Oder vorerst wenigstens mir. Du weißt, dass es stimmt, was ich sage. Du kannst es nur mit dem Verstand nicht glauben, mit dem Herzen hast du längst alles begriffen, ist es nicht so?« Er drückte mir einen zarten Kuss direkt zwischen die Augen, als wolle er das Licht, das dort aufzuglimmen schien, aufmuntern, zu leuchten.

»Manchmal zweifle ich doch daran, dass du echt bist«, hauchte ich ihm ins Ohr. Ich streckte meine Beine lang und stieß mich mit den Händen vom Kopfteil des Bettes ab, um auf dem Rücken hinabzugleiten.

»Ich werde dir gleich zeigen, wie echt ich bin«, raunte er zurück und drückte mir unmissverständlich etwas ans Bein, das mich veranlasste, weiter hinab zu rutschen. Er packte mich und krabbelte mich durch. Ich gackerte und strampelte wie wild, um seinen mich kitzelnden Händen zu entkommen. Die vorgetäuscht versehentlichen Berührungen an bestimmten Stellen meines Körpers erregten mich unermesslich. Wir balgten bald wie kleine Kinder im Spiel und taten so, als ob wir genau das zu verhindern suchten, wonach wir gierten. Irgendwann hielten wir es nicht länger aus, aufeinander zu verzichten, und überließen uns voller Hingabe unbezwingbaren Naturgewalten.

Die Tür stand offen. Hatte Mauritius sie absichtlich nicht geschlossen, als er in mein Zimmer getreten war? Ich blinzelte gegen das erste Tageslicht an, das zum Fenster hereinfiel. Wir mussten eingeschlafen sein, um unseren Höhenrausch auszuschlafen. Mauritius schlummerte noch oder tat jedenfalls so. Ich legte ihm meine Hand auf die Brust und strich mit den Fingern durch die schwarzen gekringelten Brusthaare. Er hatte ein vorgewölbtes Brustbein, das mich an eine Tänzerbrust erinnerte. Ich hatte keinen bestimmten Tänzer im Sinn, aber irgendwann waren Männer mit diesem Ausschnitt bei mir in die Kategorie Tänzer gefallen. Ich liebte diese dezente und doch markante Wölbung. Die tiefschwarzen Brusthaare wuchsen keilförmig auf diesen Hügel zu, als wollten sie ihn – wie ein Kajal-Strich das Auge einer Frau –, noch betonen.

Mauritius schnurrte leise vor sich hin und gab zu erkennen, dass er meine bewundernden Blicke genoss. Er hob ein Augenlid an und blinzelte wie Kater ›Garfield‹, der sich nicht anmerken lassen wollte, dass ihm nicht entgangen war, dass ich seine Wachheit erkannt hatte. Ich robbte der Länge nach auf Mauritius Körper hinauf und setzte mich dann auf. Wieder kraulte ich mit gespreizten Fingern beider Hände durch seine dekorativ gewachsenen Brusthaare. Seine Duftdrüsen betörten mich, bis ich umfiel.

Als wir uns diesmal küssten, fühlte es sich eigenartig an. Ich spürte, dass noch jemand anwesend war. Ich traute mich nicht, den Kopf zu heben, um meine Vermutung zu bestätigen, denn ich befürchtete zu Recht einen erneuten Schreck. Ich versuchte, das neue Gefühl hinzunehmen und es nicht zu hinterfragen, während ich mich nicht nur Mauritius Lippen öffnete, sondern auch den unsichtbaren Weiblichen. Ich ließ es zu, von zwei Mündern gleichzeitig geküsst zu werden. Die Streicheleinheiten, die daraufhin folgten, enthoben mich dieser Welt. Ich kann nicht beschreiben, was sich da ereignet hat. Es wäre unfassbar für jeden Verstand.

Morgens vor dem Frühstück stand ich im Wohnzimmer. Dem Spiegelkabinett-Flur gegenüber lag eine Glastür, die in den Wintergarten führte.

Ich liebte Wintergärten. Und mittlerweile dürfte es mich nicht mehr wundern, dass zu diesem Traumhaus einer gehörte. Doch zumindest seine Größe überraschte mich. Die gesamte Längsseite des Wohnzimmers war von diesem Glaspalast voller Grünpflanzen gesäumt. Wohingegen an der anschließenden Stirnseite des Wohnzimmers eine Tür auf eine offene Terrasse hinausführte, von der aus der Garten erreichbar war.

Ein Traum von einem Haus, das alle Bedürfnisse befriedigen kann ... Ich lächelte über diesen Gedanken und ergänzte ihn um ein ›in jeder Weise‹.

Aurelia kam ins Zimmer gerollt. Sie kam geradewegs aus dem Wintergarten. Eigentümlich, dass ich eben dorthinaus gewollt hatte. Sie strahlte mich an und machte eine einladende Geste mit dem Arm. In der Hand hielt sie eine kleine Gießkanne: »Oh, die soll natürlich da bleiben! Stellst du sie dort drüben neben den Wasserhahn?«

Ich nickte und rief fasziniert: »Ein Wintergarten mit so vielen bezaubernden Pflanzen und dann auch noch einem eigenen Wasseranschluss! Wie toll ist das denn!«

Aurelia legte den Kopf schief und betrachtete mich versonnen. »Dir gefällt es hier wirklich. Das macht mich glücklich.«

Sie hatte es so ernst betont, dass mir zum ersten Mal in den Sinn kam, dass auch sie jemals Zweifel gehabt haben könnte. Ich wollte sie beruhigen und ihr wieder einmal einen Kuss auf den Scheitel drücken. Doch sie legte geschwind ihren Kopf ins Genick, und mein Kuss landete unversehens direkt auf ihrem Mund. Ich lachte verlegen auf und strich ihr übers Haar.

Auf Aurelias Schoß entdeckte ich eine goldglänzende Haarbürste, und ich fragte sie, ob ich sie kämmen dürfte. Sie lächelte tiefsinnig und erklärte: »Ja, gern. Sonst lasse ich mir um diese Zeit immer von Mauritius die Haare bürsten. Das ist ein kleines liebenswertes Ritual geworden. Aber wenn du mein Haar kämmen möchtest, bitte, ich mag das sehr.«

Sie blieb im Wohnzimmer, aber rollte dicht an die Türöffnung zum Wintergarten heran. Ich trat zu ihr.

Als ich Strähne für Strähne ihres leicht gewellten Haares striegelte, spürte ich, wie die Energien zwischen Aurelia und mir zunehmend pulsierten. Ich konnte bald nicht mehr unterscheiden, ob sie mir oder ich ihr die Haare bürstete. Unsere Empfindungen verwoben sich miteinander, bis sich alle Grenzen auflösten. Farben, Töne, Gerüche, Berührungen ... alles verschmolz zu einem. Ich versank in einem Rausch der Sinne, der mir bisher fremd war.

Auf einmal entdeckte ich Mauritius in der Türöffnung zur Küche. Er sagte nichts und schaute nur still zu uns herüber. Und obwohl er außerhalb unserer Aura blieb, flog doch ein Lichtstrahl zu ihm oder von ihm zu uns. Das Zimmer schimmerte kurz golden auf, es war der gleiche Schein, den ich damals in der Pension entdeckt hatte. Damals ist witzig! Das lag ja erst so kurz zurück.

Aurelias bezaubernde Wirkung zog meine Aufmerksamkeit wieder auf sich und verhinderte so, dass ich meinen Gedanken weiter nachging. Diesmal vergaß ich die Zeit, obwohl wir mitten im Raum der Uhren verweilten. Für einen Moment schien es, als sei ich in einem meiner früheren Träume gelandet. Doch in diesen Träumen hatte es immer nur Mauritius gegeben. Von einer Frau war da nie die Rede gewesen. Jetzt waren wir alle untrennbar miteinander verbunden.

Es ist ja keine Beziehung im herkömmlichen Sinne – also keine Dreiecksbeziehung –, doch … meine Gedanken wussten nicht weiter. Ich verstand in diesem Moment, warum Mauritius im Park so lange vergeblich nach Worten gesucht hatte, um mir das zu erklären.

Es war nichts Erklärbares, es ließ sich nur leibhaftig erfahren.

Und er hatte Recht gehabt, als er sagte, vom Herzen her hätte ich es längst verstanden, nur mein Verstand könnte es noch nicht begreifen.

Ich lächelte und zweifelte daran, dass der das jemals begreifen könnte. Es war mir auch egal. Im Augenblick zählte nur das Hier und Jetzt. Und ich genoss es wie einen berauschenden Traum.

3 ☼ Wann ist etwas real?

Mauritius kündigte an, dass er vorhatte, mal wegzufahren. Er fragte mich: »Möchtest du vielleicht mitkommen? Du könntest bei dieser Gelegenheit Sachen von dir zu Hause holen?«

Ich zuckte zusammen. Mir entwischte ein »Ach du Schreck!« Da war sie wieder, die Realität des Alltags. Ich hatte komplett verdrängt, dass ich mich mal um meine eigenen Angelegenheiten kümmern müsste. Bisher hatte ich rein gar nichts vermisst! Gleichzeitig erschreckte es mich, dass sein Angebot doch wohl hieße, ich solle für immer hier einziehen. Mich überfiel eine kleine Panik, die sogleich allerhand Gedanken mitbrachte. Rechnerisch betrachtet kannten wir uns erst überschaubar wenige Stunden. Es war ohnehin schon absurd gewesen, am ersten Tag von Liebe zu sprechen. Aber am dritten Tag zusammenzuziehen, erschien mir doch gänzlich übereilt. Ich versuchte, all die unvereinbar scheinenden Gedankenfäden aufzuspulen, doch sie waren unentwirrbar miteinander verheddert. Und ein roter Faden ließ sich absolut nicht finden.

Aurelia rollte geradenwegs in die Verbindungslinie zwischen mir und Mauritius. Wir verharrten in einer Reihe, wie Sonne, Mond und Erde. Bevor ich darüber spekulieren konnte, wer von uns was war, und wer sich demnach verfinstern würde, stellte Aurelia entscheidende Fragen, mit der sie mir aus meiner Verwirrung zu helfen gedachte.

»Leila, Liebes! Glaubst du, es gäbe ein Zurück? – Kann dir die Welt jemals wieder so erscheinen wie vor drei Tagen? – Könntest du uns vergessen? – Möchtest du das?«

Ich wäre ihr am liebsten vor Dankbarkeit um den Hals gefallen, denn ich fühlte mich aus meiner verfahrenen Situation erlöst. Die Antwort auf ihre Fragen war sonnenklar. Das ›Nein‹ schrie förmlich zum Himmel. Und doch blieb ich stehen, wo ich war, und fühlte mich gebannt. Ich brachte keinen Ton heraus, obwohl ich spürte, dass wir alle gleichermaßen darauf warteten. Meine Rippen drohten zu bersten von dem Druck, der sich in meinem Inneren aufbaute. Ich atmete kaum und schwieg, während ich das ›Nein‹ herauszuschreien versuchte. Kein Laut entwich mir.

»Leila, schau mir in die Augen.« Aurelia sagte es sanft und ließ es nicht wie eine Aufforderung klingen. Ich merkte erst jetzt, dass ich meine Lider fest zusammengekniffen hatte, als wenn ich der nötigen Entscheidung nicht ins Auge sehen wollte.

»Leila?« Nun versuchte auch Mauritius, einen Weg zu mir zu finden. »Du hast doch die Fragen verstanden. Und du wolltest darauf antworten. Wir konnten die Antwort in deinem Herzen hören. Warum kannst du sie denn nicht aussprechen?!«

»Lass sie, Mauritius! Warte! Es geht nicht ohne Licht. Lass uns rüber gehen, dann wird es leichter.«

Ich verstand keineswegs, was das bedeuten sollte, doch schlurfte wie ferngesteuert auf die Tür zum Spiegel-Flur zu. Aurelia folgte mir und Mauritius ihr. Die Reihenfolge unserer Aufstellung blieb erhalten und ich wunderte mich nicht, als Aurelia erst zu mir nach rechts rollte, um Mauritius in den Flur treten zu lassen, und erst danach ein wenig nach links zurückrollte. Unversehens standen wir nebeneinander vor den drei Spiegeln des großen Schrankes und fassten einander an den Händen. Das eben empfundene mulmige Gefühl in meinem Bauch löste sich in Licht auf. Ja, in Licht, ich meinte, was ich sagte. Wir drei begannen zu leuchten. Wir pulsierten innerhalb eines gemeinsamen Lichtbogens. Ich konnte mich nicht erinnern, je in meinem Leben so gefühlt zu haben wie in diesem Augenblick.

›Glück‹ erschien mir wie ein harmloses, freundliches Wort. ›Liebe‹ erschien mir wie ein harmloses, freundliches Wort. Ich verlor alles je Dagewesene und meinte doch, alles gefunden zu haben.

Aurelia schien zu überlegen, ob sie meine Hand loslassen sollte oder nicht. Ich griff umso fester zu und wollte ihre nie wieder loslassen. Sie lächelte und blickte herausfordernd in die Augen meines Spiegelbilds. Dann befreite sie ihre Hand aus meiner und ließ auch Mauritius los.

»Nun, Leila, frage ich dich noch einmal: Glaubst du, es gäbe ein Zurück? – Kann dir die Welt jemals wieder so erscheinen wie vor drei Tagen? – Könntest du uns vergessen? – Möchtest du das?«

»Nein, nein, nein, nein!!!!« Ich glaubte, es herauszuschreien. Doch in Wirklichkeit sagte ich es leise und deutlich und blieb dabei unüblich gefasst. Meine Antwort war einer tiefen Gewissheit entsprungen, die keinerlei Betonung bedurfte, um richtig verstanden zu werden.

Aurelia reichte mir ihre Arme entgegen. Ich griff ihr unter die Achseln, um sie wie ein kleines Kind aus dem Stuhl heraus und zu mir herauf zu heben. Sie umklammerte meinen Hals, während ihre Füße versuchten, Boden zu gewinnen. Sie stand vor mir, und es schien, als hielte sie sich für einen winzigen Moment nicht an mir fest. Doch Mauritius schob sogleich seinen Leib an ihren Rücken und drückte Aurelia dicht an mich. So umarmten wir uns alle drei und gingen grenzenlos ineinander über.

Nur hier in diesem Raum gelang es mir, die Dinge, die geschahen, nicht zu hinterfragen.

Später fuhren Mauritius und ich dann los, um meine Sachen zu holen. Wir schwiegen während der Fahrt, und zum ersten Mal dachte ich, dass man meistens dann viel redet, wenn man erst noch nach dem sucht, was man denn zu sagen hätte.

Mauritius hatte vorgestern im Park meine Adresse auswendig gelernt und fand jetzt ohne Schwierigkeiten zu meiner Wohnung. Ich betrat sie wie schlafwandelnd und begann, Taschen zu packen. Meine bisherige Umgebung wirkte fremd auf mich. Am liebsten hätte ich nichts von all dem berührt, um nur ja nicht wieder in die Fänge dieser Alltäglichkeit zu geraten. Aber ich war durchaus wach genug, um zu wissen, dass sich auch in Zukunft wieder eine gewisse Alltäglichkeit einstellen würde, eine andere, aber doch eben aus Gewohnheiten bestehend.

Ich bat Mauritius zu mir ins Schlafzimmer, in dem ich seit einigen Sekunden ratlos in den Kleiderschrank starrte. »Komm rein und setz dich aufs Bett, ich kann das nicht so schnell hinter mich bringen, wie du vielleicht erwartest.«

Er lächelte und betrat das Zimmer. »Ich erwarte überhaupt nichts, ich hab keine Eile.«

Mir fiel auf, dass er wieder nicht ohne Aufforderung eingetreten war und erkundigte mich: »Ist das eine spezielle Schlafzimmer-Höflichkeit von dir?«

»Was meinst du? Dass ich dich nicht dränge?«

»Nein, ich meinte, dass du nie unaufgefordert reinkommst.«

»Ach so. Das hat eine andere Bewandtnis. Aber es ist inzwischen zur Gewohnheit geworden, so dass ich auch hier gewartet habe, ohne es zu merken.«

»Verrätst du mir, welche Bewandtnis das hat?« Meine Neugierde war erwacht.

»Nicht hier. Über manche Dinge spreche ich vorerst ausschließlich bei uns zu Hause. Ich hoffe, du verstehst das.« Er setzte sich auf das Fußende meines Bettes.

Mauritius wirkte so nüchtern auf mich, dass ich mich wunderte, warum er heut nicht die gleiche magische Anziehung auf mich ausübte, wie vorgestern und gestern, selbst heute Morgen noch.

»Was ist los? Du bist so weit weg von mir! Es macht mich unsicher. Schließlich bin ich gerade dabei, bei dir – bei euch –, einzuziehen! Du machst nicht gerade den Eindruck, als ob du dich darauf freust!« Der letzte Teil meines Satzes war nur leise hinterhergerutscht, und er klang ein wenig vorwurfsvoll.

Ich war hin- und hergerissen zwischen meinem beträchtlich gewachsenen Vertrauen und meinem zum Grübeln neigenden Verstand.

Und –, ich war mir absolut sicher, dass Mauritius mich deswegen jetzt gleich tröstend in die Arme nehmen käme. Aber von wegen. Er rutschte angespannt auf dem Fußende meines Bettes herum und fühlte sich offenkundig unbehaglich.

»Leila, ich warte doch lieber im Wohnzimmer auf dich. Ich kann jetzt nicht auf deine Frage antworten. Du würdest mich falsch verstehen.«

»Schon wieder? Ich dachte, ich wüsste jetzt, was Sache ist!« Ich empörte mich. Im Stillen aber stellte sich noch eine andere Frage: Warum behandelt er mich auf einmal so abweisend?

»Ich behandle dich nicht abweisend, du interpretierst das nur so«, erwiderte er, als wenn ich laut gedacht hätte.

»Warum nimmst du mich nicht wenigstens mal in den Arm?!«, setzte ich nach, obwohl mich die Tatsache, dass er problemlos an meine Gedanken herankam, schon ein wenig umgestimmt hatte.

»Nicht hier in deiner alten Wohnung. Es festigt die Verbindungen, die du zu ihr hast. Du willst dich doch gerade davon loslösen! Eine Umarmung von uns in diesen Räumen wäre nicht hilfreich!« Er schnappte nach Luft. »Womöglich wäre sie sogar gefährlich!«

»Oh gefährlich! Wie abenteuerlich! Ich mag gefährliche Umarmungen!« Ich stellte mich dümmer, als ich war, und begriff nicht, warum ich mich so störrisch verhielt. Ich hatte sehr wohl verstanden, was er gesagt hatte, und konnte es wenigstens in gewissem Maße auch nachvollziehen. Ich mochte es lediglich nicht akzeptieren. Ich verhielt mich wie ein bockiges Kind. Ich wollte auf der Stelle erhalten, was ich begehrte.

Mauritius lachte los. »So schlimm ist es nun auch wieder nicht! Mach mal ein bisschen Tempo, dass wir hier wieder wegkommen. Dann kriegst du deine Umarmung!« Er war offenkundig anhaltend an meine Gedanken angeschlossen.

Das zu begreifen, gab mir den ersehnten Schub. Und die verlockenden Aussichten auf später trieben mich noch zusätzlich an. Zwischen Mauritius und mir hatte es zu schwingen begonnen. Ein wohlvertrautes Sehnen versuchte, sich auszubreiten. Doch Mauritius sprang aus dem Zimmer und schlug hinter sich die Tür zu.

Später fand ich ihn außerhalb geschlossener vier Wände auf dem Balkon.

»Na, kleines Raucherpäuschen?«, neckte ich ihn.

»Du hast jetzt gemerkt, was ich mit ›gefährlich‹ meinte. Es kann jederzeit über uns kommen, doch hier ist definitiv der falsche Ort!! Er zieht dich zurück!«

Sein ermahnender Tonfall brachte eine Ernsthaftigkeit zwischen uns, die keinerlei Neckereien mehr aufzunehmen bereit war. Ich spürte, dass Mauritius von mir verlangte, dass ich weise handeln und sprechen sollte. Sein Blick sagte: »Du bist jetzt gewachsen, also beweise deine Größe.«

Leider wirkte das eher einschüchternd auf mich.

Ich trat zurück in die Wohnung. Vieles von dem, das ich hatte mitnehmen wollen, stellte ich wieder zurück. Ich musste loslassen. Und die Dinge, die einen jahrelang umgeben haben, vermögen einem manchmal, Fußfesseln anzulegen.

Ich näherte mich wieder dem Balkon: »Mauritius? Soll ich denn vielleicht lieber alles hierlassen?«

»Nein, nicht alles. Manches drückt dein ›Ich‹ aus, frei von alten Geschichten. Das Bereichernde vom Beschwerenden zu unterscheiden, ist nicht leicht. Aber du kannst es. Und du musst dich diesem Prozess aussetzen!«

Wieder einmal erschien Mauritius mir, als wäre er mein Lehrmeister.

Ich stapfte zurück und suchte meine Zimmer speziell nach den Dingen ab, die bei mir ein angenehmes Gefühl auslösten. Doch es fiel mir schwer, mich anhaltend zu konzentrieren. Meine Gedanken schweiften immer wieder ab.

Als ich so allein meinem Krempel ausgesetzt war, fühlte ich mich an die Zeiten erinnert, in denen ich mich oftmals verdammt allein gefühlt hatte. Wie oft hatte ich mich nach einem Mann gesehnt, der mich so verstehen würde, wie Mauritius!

Doch ich war immer wieder an Typen geraten, die sich nur aufgrund meines ›angenehmen Äußeren‹ von mir angesprochen gefühlt hatten. Sie verliebten sich in meine Oberfläche und interessierten sich nicht für das Darunterliegende. Ihnen kam es nur darauf an, dass aus meinen Tiefen nichts auftauchte, was sie störte. Und damit waren sie dann schon zufrieden.

Doch ich nicht! Ich wollte mich spiegeln und erkennen, wollte innerhalb einer Beziehung wachsen und mich entfalten. Und ich wollte dabei gefördert werden, wenigstens durch wohlwollende Begleitung.

Meine bisherigen Bekanntschaften hatten nie so recht verstanden, was ich damit meinte. Oder sie fanden es zu anspruchsvoll. Ich sollte lieber froh sein, dass *alles* reibungslos funktionierte, statt nach entwicklungsfördernden Aspekten zu suchen. Aber was umfasste dieses ›alles‹? Mein ›alles‹ offenbar nicht.

Ich merkte bald, dass die Männer, die ich durch meine Erscheinung anzog, nach anderen Frauen suchten, als nach mir. Das hatte im Laufe der Zeit dazu geführt, dass ich – für mich zu groß ausfallende – Männerklamotten trug, um nicht auf jene verführerisch zu wirken, die

ich nicht meinte. Doch das hielt mir nur be-
dingt die falschen Männer vom Leib. Dann
wurde eben der ›Kumpeltyp‹ in mir erkannt,
mit dem man Pferde stehlen konnte.

Doch sobald Sex ins Spiel kam, ging es bald
nur noch darum. Ich war dafür aufgeschlossen
und mochte die Energiewirbel beim Sex, wurde danach aber allzu leicht bei tiefgründigen
Themen nicht ernst genommen. Mein Bedürfnis nach gedanklichem Austausch, der sowohl
in die Breite, als auch in die Tiefe geht, wurde
mit Worten quittiert, wie: »Lass mal gut sein.«
oder »Mach dir doch nicht so unnötige Gedanken.« Die Überreste meiner Sehnsucht nach
Verständnis, und erst recht die nach einem
Quäntchen Magie, wurden mit einer Einladung
zum Kuscheln mundtot gemacht.

Irgendwann hatte ich aufgegeben, auf jemanden zu hoffen, der sich wahrhaftig auf
mich einlassen könnte. Meine Sehnsucht, auch
wortlos verstanden zu werden, erhielt von mir
den Stempel ›unrealistische Träumerei‹ aufge-
drückt. Ich verkroch mich in mein Singledasein
und hing dort oft und gern meinen Träumen
nach.

Doch die verwandelten sich vor einigen Wochen und wurden extrem realistisch. Sie besaßen eine völlig andere Qualität, ja Dimension, als alle Träume je zuvor.

Mir erschien Mauritius. Wir lachten und weinten zusammen in diesen Träumen. Wir diskutierten miteinander. Wir faszinierten einander. Er hörte mir zu und schien es wie ein Abenteuer zu genießen, mich immer weiter zu erkunden. Er suchte nach meiner Seele, um ihre Geheimnisse ans Licht zu bringen.

Und dazu noch die erotische Komponente! Ich konnte riechen, schmecken, hören –, wie nie zuvor in einem Traum. Ich fühlte mich von jeder nur erträumten Berührung wahrhaftig berührt. Weit intensiver, als in der Realität je erlebt, weshalb ich auch nie daran zweifelte, es lediglich für fantastische Träume zu halten. Doch jetzt war Mauritius in der Wirklichkeit genauso an mir interessiert wie in meinen Träumen. Es war prickelnd. Seine Aufmerksamkeit pulsierte, wenn er sie auf mich richtete.

Es schien unglaublich, ja, unmöglich zu sein. Und doch war es wahr! Der Mann aus meinen lebendigen Träumen existierte jetzt leibhaftig in meiner Realität! – Wobei das magische Haus mit seinem uhrenlosen Zeitlosbereich und Aurelia mit ihrer überirdischen Ausstrahlung mich regelmäßig daran zweifeln ließen, inwieweit ich das für Realität halten sollte.

Hier in meiner bisherigen Wohnung fühlte sich alles real an. Der ganze Kram umgab mich und sortierte sich nicht etwa wie von selbst oder als wenn mir nach Aschenputtel-Art die Täubchen beim Sortieren helfen kämen. – Wann ist etwas real?

Mein Blick nach innen wandte sich wieder dem äußeren Geschehen zu. Ich bemerkte, wie ich jedes Teil meines Krempels, das ich in die Hand nahm, unentschlossen von hier nach dort und oftmals wieder zurück an seinen Platz schob, ohne mich zu entscheiden, was damit geschehen sollte.

Meine kleine Rückschau hatte mir Energie abgezogen, die ich gebraucht hätte, um mich beim Sachenpacken auf das Wesentliche zu konzentrieren. Ich vermisste Mauritius, der sich so weit von mir zurückgezogen hatte, dass ich seine mich einhüllende, schützende Nähe nicht mehr spüren konnte. Er fehlte mir. Jetzt umso mehr, nachdem mir klar geworden war, wie sehr er dem entsprach, wonach ich mich so lange Zeit scheinbar vergeblich gesehnt hatte. Er war anders als die Männer, die mich immer wieder enttäuscht hatten.

Ich schloss den Kleiderschrank und gab mein Vorhaben auf, für alle Dinge eine endgültige Entscheidung zu treffen. Viel wichtiger war es, mich wieder in Mauritius Umfeld zu begeben und mich zu vergewissern, dass er wahrhaftig existierte. Gerade hier am Platz meiner Träume befürchtete ich, ich könne mir den echten Mauritius doch wieder nur erträumt haben, lediglich noch realistischer als in den vorangegangenen Träumen. Doch zum Glück ließ sich diese Befürchtung schnell widerlegen.

Er saß auf dem Balkon und erhob sich, als ich nach ihm rief. Ich flog auf ihn zu und fiel ihm um den Hals. Er ahnte nicht, wie sehr ich diesen Beweis seines Daseins gerade brauchte. Ich war unendlich froh, ihn gefunden zu haben.

Als wir etliche Stunden später wieder im Auto saßen, fühlte ich mich wie nach einer Prüfung. Ob ich bestanden hatte oder nicht, war egal. Ich hatte das erhebende Gefühl, es wäre gut gelaufen. Beim Zuschließen meiner Wohnungstür hatte ich keinen Abschiedsschmerz gespürt. Ganz im Gegenteil. Mich erfasste eine Abenteuerlust nach dem Motto: Auf zu neuen Ufern! Ich war bereit. Und unbeschwert.

Dankbar schaute ich zu Mauritius, der das Auto ziemlich forsch aus dem Wohngebiet manövrierte. Er blickte angespannt drein und nahm erst wieder Kontakt zu mir auf, als wir den Stadtteil verlassen hatten. Mit einem Mal war alle Anspannung verflogen. Auf der Landstraße nach B. drehte er das Radio an und schob eine CD rein. Als die Bassgitarren ertönten, lehnte ich meinen Kopf an seine Schulter und war überrascht über die Musik-Auswahl. Muss ich noch erwähnen, dass ausgerechnet mein Lieblingssong ertönte? Mauritius bog gleich darauf mit dem Auto in einen Waldweg ein, schaltete den Motor aus und umarmte mich. Er zog mich dicht an sich, als er lobend verkündete: »Du hast dich wacker geschlagen. Und hier gibt's nun die versprochene Umarmung. Ich will schließlich mein Wort halten!«

Ich kicherte und ließ seine Hände auf mir wandern, wohin sie wollten. Es wurde bei Weitem mehr als eine Umarmung. Wir kurbelten die Sitze in Liegeposition und stießen uns andauernd an irgendwelchen störenden Autoteilen, bis wir kurzerhand ausstiegen und uns draußen an einen bemoosten Baumstamm lehnten. Der alte, gutmütige Baum schien nichts dagegen zu haben, dass wir ihn, in Erinnerung an Odysseus, zu einem Bett umfunktionierten. Dass wir mehr oder weniger stehen mussten, verloren wir ziemlich schnell aus den Augen.

Endlich waren wir wieder eins! Jetzt begriff ich, dass Mauritius Verhalten in meiner ehemaligen Wohnung unvermeidlich gewesen war. Trotzdem erkundigte ich mich bei ihm: »Sag mal, ist es dir vorhin eigentlich schwer gefallen, mich oder dich zu bremsen? Oder kannst du ganz easy mal die Notwendigkeit vor die Bedürfnisse schieben?« Ich kicherte verlegen darüber, dass ich das überhaupt fragte.

»Hältst du mich für einen Holzklotz? Das hat mich einige Kraft gekostet. Allerdings erst als ... du weißt schon was ich meine ... « Er überlegte kurz. »Am Anfang war ich mir der Bedeutung zu sehr bewusst. Ich wollte, dass du die Loslösung richtig hinbekommst. Außerdem trage ich im Moment noch die Verantwortung für dich.«

»Du trägst die Verantwortung für mich?!«, posaunte ich zurück, als ob ich nicht genau wüsste, was er meinte. Wer sonst, als er, konnte mich dazu bringen, bei ihm und Aurelia im Haus zu bleiben.

»Später wirst du die selber übernehmen«, gab er ernsthafter, als mir lieb war, zurück.

»Ich weiß, dass das auf mich zukommt«, hörte ich mich sagen.

Wir fuhren anschließend zum Einkaufen.
Als ich in demselben Supermarkt stand, in dem ich Mauritius neulich begegnet war, überfiel mich ein eigentümlicher Schauer. Ich hätte nicht einmal sagen können, ob das eine Dusche aus guten oder unguten Gefühlen war. In jedem Fall starrte ich auf die Pfirsiche und ver-

suchte, die Erinnerung an Mauritius heraufzu-
beschwören. Ich sah ihn noch einmal vor mir,
mit dem grünen Hemd an der Pfirsichstiege,
haargenau so, wie er mir dort begegnet war.

Mauritius hingegen blieb der Stelle fern, wie
mir schien, und rief mir von weitem zu, dass
ich doch bitte etwas Obst aussuchen sollte. Mir
wurde dabei unbehaglich. Warum mied er diesen Platz? Fürchtete er, mit dem Geist der Erinnerung zusammenzustoßen? Ich musste
über diesen sinnlosen Gedanken lachen und
stellte frohgemut ein paar Früchte zusammen.
Jedoch mein Gedankenkarussell war nun einmal in Schwung: Ist ja auch seltsam, dass wir
uns hier begegnet sind. Ich hatte überhaupt
keinen Grund, hierher zu fahren, wollte nur
mal zu Hause raus und was Verrücktes unter-
nehmen. Nachher war der Tag langweilig, weil
ich nichts mit mir anzufangen wusste in der
fremden Stadt. Weiß der Teufel, warum ich
hier in diesem Laden gelandet bin. Wie ferngesteuert! – Ich schnaubte leise vor mich hin.

Als ich meine Früchte-Auswahl im Ein-
kaufswagen platzierte, kommentierte Mauritius: »Du hast es aber echt schwer im Leben! Mit
so vielen Gedanken den ganzen Tag! Ich frage

mich, wie man sich da noch auf das Wesentliche konzentrieren können soll. Machst du das immer so oder ist das, weil jetzt noch alles neu für dich ist?« Ein gewisser kritischer Unterton schien mir durchzuklingen.

»Ich befürchte, ich bin immer so. Wenn du dauerhaft in meinem Kopf sein willst, stell dich mal lieber auf raue Zeiten ein!«

»Das ist keine Frage des Wollens. Was dich angeht ... also ... da kann ich das nicht abstellen. Ganz im Gegenteil. Auch du wirst bald zunehmend häufiger meine Gedanken wahrnehmen. Das ist unvermeidlich!«

»Bisher hätte ich gedacht, das wäre etwas Tolles, aber so wie du das sagst, hört es sich etwas zweischneidig an. Warum?«

»Es beeinflusst dein eigenes Denken. Du verlierst die Meinungshoheit in deinem Kopf. Und du merkst es währenddessen noch nicht einmal. Es geschieht eben.«

»Jetzt verstehe ich deine Bemerkung vom nötigen Vertrauen noch ganz anders als bisher. Man muss sich dreimal überlegen, wen man zulässt, also, wen man in sein eigenes Denken hineinlässt, stimmt's?« Ich legte eine gewisse

Pause ein und fügte dann an: »Aber ist das nicht immer so in der Liebe?«

Er lachte ertappt, doch erwiderte dann in eigentümlich vibrierendem Tonfall: »In unserem Fall sieht die Sache anders aus! Man könnte sagen, wir seien so eine Art Matrix.«

Er seufzte und blickte sich um. Gleich darauf setzte er nach: »Du hast ein außerordentlich bemerkenswertes Talent, in äußerst ungünstigen Umgebungen Fragen nach dem Wesentlichen zu stellen«. Seine Lachfältchen dämpften den spöttischen Unterton.

Unterdessen stellten wir uns an die Kasse. Während er bezahlte, verstaute ich die Lebensmittel in den Tüten. Ich hatte dabei so meine eigene Art und mochte es überhaupt nicht, alles durcheinander zu würfeln. Auf diese Weise wäre mir beinahe entgangen, dass diesmal Mauritius derjenige war, der sich an vorgestern erinnerte. Erst, als er mir mit Bedacht nur eine Tüte aus der Hand nahm und die andere nicht, und mich leise aufforderte, ihm zu folgen, verliebte ich mich auf Anhieb in das vielsagende, beinahe mystisch wirkende Lächeln in seinen Augen.

Diesmal kannte ich sein Auto und amüsierte mich insgeheim, wie mir letztes Mal sogar dessen Farbe hatte entgehen können. Es war ein liebenswertes helles Metallic-Blau, das für meine Augen kleine freche Abenteuer versprach. Gerade weil diese Farbe mir so gut gefiel, wunderte es mich umso mehr, dass ich sie nicht bemerkt hatte.

»Ich hatte wirklich nur Augen für dich und nicht einmal für dieses schöne Blau«, ergänzte ich meine Gedanken, die Mauritius ja ohnehin mitbekommen hatte. Es begann mir Spaß zu machen, davon auszugehen, dass ihm meine Gedanken nicht entgingen. Obwohl ich sicher war, dass ich mir in anderen Momenten gewiss auch mal wünschen würde, ich hätte meinen Kopf für mich allein. Doch von diesem Nachsatz ließ ich mich in diesem Augenblick nicht beunruhigen.

›Vielleicht hatte ja deshalb jeder ein eigenes Zimmer? Und vielleicht durfte man deshalb nicht unaufgefordert eintreten?‹ Ich schaute überrascht auf.

Mauritius hielt meinem Blick nicht nur stand, sondern starrte mich konzentriert an.

»Kam das gerade aus deinem Kopf? Ich meine ... hab ich das gedacht oder du?«, wollte ich wissen.

»Du wärest ja nicht du, wenn du nicht selbst aus meinen Gedanken noch schnell eigene Überlegungen anstellen würdest!« Er schnaubte belustigt.

»Also was jetzt, war ich in deinem Kopf?«

»Du warst nicht in meinem Kopf. Aber du hast gerade meine Gedanken empfangen. Ja. – Und sofort hast du sie zerpflückt!«

Wir lachten so schallend los, dass wir uns am Auto festhielten. Die Menschen, die außer uns auf dem Parkplatz waren, drehten sich amüsiert nach uns um. Darüber mussten wir ebenfalls lachen, und so verselbständigte sich eine Lachsalve nach der anderen, bis uns Tränen in den Augen standen, das Zwerchfell schmerzte und ich fürchtete, meine Blase könnte für solche Belastungen zu voll sein.

Ich sprang Mauritius in die Arme und bettelte: »Errette mich von diesem Lachen, sonst mach ich mir in die Hose!«

Mauritius gab sich sichtlich Mühe, nicht erst recht wieder loszuprusten. Aber er fand dann schnell seine Beherrschung und forderte mich auf, einzusteigen. Er schob den Wagen zur Sammelstelle und kam eilig zurück. »Geht's noch bis nach Hause?«

»Ja, ja, wenn wir bloß nicht nochmal lachen müssen.« Allein dieser Satz bebte schon wieder in den Wangenmuskeln. Zum Glück verlangte aber der Straßenverkehr volle Aufmerksamkeit von uns, und so kamen wir lediglich etwas frohgemut zu Hause an.

Aurelia empfing uns freudestrahlend. Ihre Herzlichkeit legte sich um meine Schultern wie ein kuscheliger Mantel. »Und? Wie ist es gelaufen? Du siehst aus, als hättest du es lebend überstanden.« Sie kicherte verräterisch. Mir war klar, dass ihre Frage nur rhetorisch gemeint war. Mir fiel auf, dass ich während der Zeit im Supermarkt gänzlich vergessen hatte, dass wir zuvor in meinem alten Zuhause gewesen waren. Stattdessen – das erkannte ich jetzt –, war ein Teil von Aurelia schon da in meiner Nähe. Ich hatte es erspürt, aber nicht verstanden. Ihre Nähe in diesem Moment erschuf die Erinnerung an dasselbe Gefühl vorhin. Ich fragte mich: Ist sie denn niemals abwesend?

Die Antwort darauf bekam keine Chance. Denn mein Blick streifte Aurelias Beine. Sie wirkten kräftiger und schienen Aurelia mehr Halt zu geben, als sonst. Doch sie lächelte tiefgründig und zog meine Aufmerksamkeit auf ihr Gesicht. Sie sah bezaubernd aus. Ihre Augen steckten voller Lebendigkeit! Die Naivität oder Sorglosigkeit, die ohnehin schon immer von ihr ausging, umgab sich jetzt außerdem mit einer natürlichen Anmut. Ich zwang mich, wegzuschauen, um nicht schon wieder loszugrübeln.

Mauritius stand im Türrahmen und betrachtete uns. Die Küchenbeleuchtung strahlte aus dem Hintergrund und rahmte ihn mit Licht ein. In diesem Moment erschien er mir wie ein Schutzengel. Ich lächelte, doch meine Aufmerksamkeit wurde schnell wieder von Aurelias Stimme angezogen. »Was? Bekomme ich keinen Kuss zur Begrüßung?«, beschwerte sie sich in gespielter Empörung.

»Oh, entschuldige, natürlich! Deine Schönheit hat mich geblendet, darüber hab ich dich selbst vergessen.«

Der Satz hallte durch die Wohnung wie ein Glockenschlag. Wir hoben alle drei gleichzeitig den Kopf und lauschten meinen scheinbar nachhallenden Worten.

Ich fühlte mich ergriffen von dem, was da eben aus mir rausgerutscht war. Und es war offensichtlich, dass wir – jeder für sich –, ein wenig aufgeschreckt worden waren. Schnell bückte ich mich zu Aurelia herab und gab ihr den spaßig eingeforderten Kuss. Doch die Leidenschaft ihrer Lippen zwang mich auf die Knie. Ich legte meinen Kopf in ihren Schoß und wünschte inbrünstig, sie würde sich eines Tages wieder ohne diesen Rollstuhl fortbewegen können. Ihre Hände streichelten sanft über mein Haar, als ein heißer Tropfen auf meinen Hals fiel. Ich zuckte zusammen und richtete mich auf. Aurelia lächelte wie immer; ihren Augen sah man nicht an, dass sie eine Träne verloren hatten. Ich erinnerte mich seltsam berührt an die regenbogenfarben schillernde Träne an unserem ersten gemeinsamen Tag. Ich legte Aurelia meine Hände auf die Oberschenkel und versprach ihr: »Ich tue was ich kann.« Sie nickte dankbar, während ich mich nur wieder wundern konnte, was ich damit gemeint hatte. Mich überzog eine eigentümliche Haut, die sich anfühlte wie eine Mahnung. Vielleicht eine Mahnung an dieses Versprechen.

Das Gefühl, Verantwortung zu tragen, von dem Mauritius heut schon gesprochen hatte, dehnte sich allmählich auf mich aus. Von jetzt an würde nicht mehr nur er allein die Verantwortung tragen müssen.

Ich fühlte mich erschöpft. Ich hatte nicht einmal Hunger. Dennoch schlurfte ich in die Küche und schaute in den Kühlschrank. Auf dem Küchentisch standen die Einkaufstüten und ich begann, sie auszupacken und die Dinge zu verstauen. Das Aufräumen beruhigte mich. Am Ende biss ich in eine Möhre und genoss das laute Schnurpzen, das gut geeignet war, um meine Gedanken zu übertönen.

Plötzlich fiel mir die Musik ein, die Mauritius im Auto angeschaltet hatte, bevor wir beide anderweitig aufgedreht hatten. Ich lächelte versonnen und dachte an den Baum zurück. Selbst diesen Baum hatte ich jetzt lieb. Wir hatten etwas miteinander geteilt, was man normalerweise eher für sich behält. Ich schloss die Augen und fühlte den Schwingungen nach, die zwischen meinem Auszug aus der alten Wohnung und dem Supermarkt eine Nische gefunden hatten.

Mauritius betrat die Küche und kündigte an, dass er heute nur eine Kleinigkeit essen würde und deshalb alle anderen bitten wolle, sich ebenfalls selbst zu versorgen.

Noch jemand ohne Hunger, dachte ich, bevor ich mein Einverständnis signalisierte: »Ich brauch heut auch nicht mehr viel.«

Aurelia rollte zum Kühlschrank und nahm sich ihr Lieblingsjoghurt heraus. »Danke, ich bin ebenfalls versorgt, muss wohl am Wetter liegen.«

Ich half ihr, die Mehrfachpackung auseinanderzubrechen, und suchte ihr einen Löffel aus dem Schub. »Das ist lieb von dir, aber ich brauche keine Hilfe. Du bist müde, geh ruhig und leg dich hin.«

Ich küsste sie auf die Stirn und zog mich zurück. Mauritius hatte zuletzt an der Spüle gestanden und einen Apfel geschält. Ich drehte mich noch einmal vorsichtig um, wollte aber nicht, dass er es bemerkte. Natürlich vergaß ich dabei, dass in diesem Haus nicht so leicht etwas verborgen blieb. Mauritius drehte sich nach mir um und schaute mich fragend an. Ich verstand so viel wie, ›willst du nun schlafen, oder nicht?‹ Ich kicherte auf und huschte schnell davon. Es war ein komisches Gefühl, die beiden in der Küche zurückzulassen. Seit ich in diesem Haus aufgekreuzt war, hatten Aurelia und Mauritius keine Minute ohne mich verbracht. Jedenfalls nicht, soweit ich wüsste.

An der Tür zu meinem Zimmer überlegte ich, wie ich mich entscheiden sollte. Tür auflassen oder hinter mir schließen? Wenn ich Mauritius richtig verstanden hatte, könnte ich mit dieser Tür meinen Kopf nach außen abschirmen. Aber wollte ich denn vollkommen allein sein? Ich war mir nicht sicher. Am liebsten hätte ich mich bei jemandem eingekuschelt, um dann friedlich einzuschlafen. Ich ließ die Tür doch nicht offen stehen, lehnte sie aber nur an, ohne einzuklinken. Das war ja vielleicht auch eine Lösung. Wobei das eher einem ›Wasch mir den Pelz, aber mach mich nicht nass!‹ gleichkam.

Wie dem auch sei, ich zog mich aus und kroch unter die Bettdecke. Genau genommen hatte ich es geahnt, vielleicht sogar erhofft, aber kaum döste ich ein bisschen vor mich hin, schon schob sich ein Körper dicht an meinen Rücken. Ein Arm legte sich über meinen Arm und eine Hand umfasste meine linke Brust; das vermittelte mir die eben ersehnte Geborgenheit. Und so schlief ich bald tief und fest.

Mitten in der Nacht erwachte ich. Ich schlich zum Fenster und atmete den Blütenduft der Levkojen. Dann fiel mir ein, auf welche Weise ich vorhin eingeschlafen war, und drehte mich blitzschnell zum Bett, um festzustellen, wer nun eigentlich meine Einschlafhilfe gewesen war. Doch da war überhaupt niemand außer mir im Zimmer. Das Bett war auch auf der rechten Seite leer, und nichts erweckte den Eindruck, dass da jemand gelegen haben könnte. Die Decke lag in diesem Teil des Bettes glatt und beinahe faltenfrei.

Ich war mir sicher, dass die Umarmung vorhin keine Sinnestäuschung gewesen war. Allerdings fiel mir rein zufällig ein, wie ich gestern von einem unsichtbaren Mund geküsst worden war. Ich zuckte die Schultern und nahm es hin, wie es war. Gleichzeitig lächelte ich darüber, dass ich auf mein sonstiges Grübeln gefasst war. Doch es blieb fern und ich kam auch ganz gut ohne es aus.

Auf dem Flur ertönte ein Knarren. Ich hörte, wie die Badezimmertür geschlossen wurde, und überlegte, ob wohl Mauritius oder Aurelia unterwegs wäre. Gleichzeitig fiel mir ein, dass ich immer noch keines ihrer Zimmer kannte. Ich besann mich und versuchte mir einzuprägen, dass ich niemals unaufgefordert dort eintreten dürfte. Im Augenblick konnte ich noch nicht einmal sagen, wessen Zimmer mich eher interessierte. Als ich mich das fragte, verblasste jegliches Interesse daran.

Ich schaute gedankenlos zu meiner nur angelehnten Tür, die offenbar von Geistern als Einladung verstanden werden konnte. Und ich lächelte.

Am nächsten Morgen stand ich als erste in der Küche und machte Frühstück. In einer Hand hielt ich den Kaffeepott, aus dem ich genussvoll meinen morgendlichen Wachmacher schlürfte, mit der anderen Hand stellte ich die

Teller auf den Tisch. Ich verkleckerte meinen Kaffee und wischte ihn schnell vom Boden. »Typisch, das musste ja sein!«, maulte ich mich selber an. Doch ich amüsierte mich gleich darauf über meine unverkennbaren kleinen Eigenheiten. So war ich eben, gedanklich überall zugleich.

Ich stellte die inzwischen schnell leer geschluckte Kaffeetasse neben die Spüle und deckte liebevoll den Tisch. Es machte mir Spaß wie einem Kind, das die Eltern zum Sonntag mal überraschen will. Ich legte die Brötchen in den Minibackofen und freute mich, dass fast gleichzeitig die ersten Geräusche aus dem Wohnzimmer drangen und jemanden ankündigten. Ich sprang flott in den Garten hinaus und holte drei kleine Röschen vom Strauch. Ich hatte zwar extra die Schere mitgenommen, aber ein Stachel hatte sich dennoch bei mir über den Raub der Rosenblüte beschwert. Automatisch trällerte ich vor mich hin: »Sah ein Knab ein Röslein stehen, Röslein auf der Heide ...« Mein Blutstropfen benetzte vor meinen Füßen die Erde und ich schaute ihm nach, während ich den angestochenen Finger in den

Mund steckte und meine Zunge gegen die Einstichwunde drückte.

Ich huschte zurück in die Küche und hoffte sowohl, jemandem zu begegnen, als auch, dass ich doch lieber vorher noch schnell die kleinen Röschen in eine Vase stellen könnte. Es war niemand da, und ich fühlte mich eigentümlich verlassen. Ich suchte nach einem Väschen, doch ich kannte mich hier in den Schränken nicht aus. Überall suchte ich und konnte keine Vase finden. Ich trat ins Wohnzimmer und hoffte, dort auf etwas Geeignetes zu stoßen. Doch auch hier fand sich nichts, dass wie eine Vase ausgesehen hätte.

Eine eigentümlich warme Brise zog wie ein Schleier auf mich zu und an mir vorüber. Sie strömte von der Glastür des Wintergartens auf mich zu. Die Tür stand offen und ich trat die paar Schritte hinüber. Draußen stand Mauritius und kämmte Aurelia die Haare. Verlegen grüßte ich mit »Guten Morgen allseits« und überlegte, ob es nicht meine Aufgabe gewesen wäre, Aurelia die Haare zu bürsten. Die beiden wirkten inmitten des vielen Blattwerks wie in einem Dschungel – oder –, ›wie neben einer Dornröschenhecke‹, schoss es mir durch den

Kopf. Ein goldener Lichtschweif zog in Wellen-linien von Pflanze zu Pflanze und berührte die glänzenden Blätter, die dabei ein wenig von dem Schimmer zurückbehielten.

Ich wandte mich schnell wieder Aurelia und Mauritius zu, die völlig versunken schienen, und nicht auf meinen Gruß geantwortet hat-ten. Das Licht ging von ihnen aus und ich staunte es an. Alle beide lächelten, nein, strahl-ten vor sich hin, und jetzt spürte ich, wie auch ich von diesem Lichtschweif umkreist wurde. Ich streichelte mit der Hand darüber, als wenn dies eine federleichte Stola wäre. Ich erspürte eine prickelnde leichte Wärme wie einen Hauch. Der Augenblick bannte mich. Ich brach-te es nicht fertig, die beiden miteinander Ver-schmolzenen beim Haare-Bürsten zu stören. Ich wusste urplötzlich, dass dieses goldene Leuchten jedes Mal beim Kämmen entstand, denn ich erinnerte mich an gestern. Gleichzei-tig wollte ich diesem magischen Moment nicht den Rücken kehren, um mich zu entfernen. Also schob ich vorsichtig einen Fuß hinter den anderen, bis ich rückwärts die Glastür erreicht hatte. Auch da traute ich mich nicht, mich um-zuwenden, und schlurfte so geräuschlos wie möglich ins Wohnzimmer weiter, bis ich die beiden Sonnengestalten nicht mehr in meinem Blickfeld hatte.

Zurück in der Küche suchte ich mir ein Trinkglas hervor und stellte endlich die drei kleinen Röschen ins Wasser. Inmitten des Küchentisches wirkten sie leider ein wenig mickrig. Ich hoffte, sie würden bald das Wasser bemerken, und ihre Köpfchen wieder heben.

Ich schaute auf die Uhr und überlegte, was ich erledigen könnte. Ich hatte nicht den Eindruck gewonnen, dass die beiden so bald aus ihrem Trancezustand erwachen würden. Ich verspürte eine unschöne Unruhe in mir. Ich wollte mich nützlich machen, doch es gab nichts zu tun. Der Garten wirkte so überaus gepflegt, dass ich fürchtete, daran eher etwas zu verderben. Ohnehin fragte ich mich, wer den denn instand hielt. Mauritius arbeitete zwar freiberuflich als Architekt, aber bisher hatte ich nicht bemerkt, dass er je was an Haus und Garten erledigt hätte. Eine Zehntelsekunde streifte mich die Gewissheit, dass Aurelia dafür zuständig wäre. Doch diesen Eindruck wischte ich schnell beiseite. Wie sollte sie denn! Obwohl mir einfiel, dass ich ihr doch

auch die Einrichtung meines Zimmers zuge-
traut hatte. Ich schüttelte den Kopf und hörte
fast zeitgleich einen schon früher von mir ge-
dachten Gedanken: ›Diese Frau ist magisch‹.

Unvermittelt tauchte die Frage in mir auf,
wie Mauritius sie wohl kennengelernt hätte.

Ich wollte ihn so bald wie möglich danach
fragen. Von Mauritius wusste ich, dass er sein
Architektur-Studium in Mailand fortgesetzt
und sich dort auf Innenarchitektur speziali-
siert hatte. Danach war er bis vor wenigen Jah-
ren in Italien geblieben. Ich hatte zeitgleich
hier mit meinem Philosophie-Studium begonnen. Zu dieser Zeit hätten wir uns also nicht
über den Weg laufen können. Doch wann Aurelia in Mauritius Leben aufgetaucht war,
wusste ich noch nicht. Kaum dachte ich an sie,
da erschien sie. Wie gerufen.

Mauritius freute sich über das vorbereitete
Frühstück und gab mir einen kleinen Kuss.
Aurelia griff nach meiner Hand und setzte ihren Kuss darauf ab. Ich war froh, dass die beiden wieder bei mir waren. Ich hatte mich
ziemlich einsam gefühlt ohne sie. Als ich das

dachte, drehten sie sich gleichzeitig nach mir um und suchten Blickkontakt. Ich schämte mich augenblicklich für meine törichte Anwandlung und befürchtete, sie könne einer gewissen Eifersucht entsprungen sein. Mauritius versetzte mir einen Klaps und schimpfte: »Stell bloß mal deine ewigen Gedanken ab!« Gleichzeitig warfen sich die beiden Blicke zu, die verrieten, wie sehr sie sich über mich amüsierten. Ich nickte einige Male zustimmend mit dem Kopf. Ihr trotz allem wohlwollendes Lächeln hatte meine Gedanken fast restlos gestoppt.

»Ich hab euch unglaublich lieb, selbst schon so früh am Morgen«, nuschelte ich verlegen. Daraufhin lachten sie beide laut schallend los und riefen im Chor: »Und über Nacht schaltest du deine Liebe ab wie das Licht, was?!«

Ich kam mir scheußlich töricht vor und fühlte mich wie ein Dummerjan. Aurelia kam mir zu Hilfe. »Wenn wir so viel grübeln würden wie du, kämen wir uns ebenso vor. Aber lass man, wir haben dich sorgsam ausgewählt! Dummlinge lassen wir nicht in unser Haus. Es gibt keinen Grund, dass du dir Sorgen machst, du bist sehr viel weiser, als du vor dir selber wahrhaben willst.«

Das drang zu mir durch und gab mir meinen Frieden zurück. Doch schon stellte sich der nächste Gedanke ein: Was hat sie da gesagt? Wir haben dich sorgsam ausgewählt??? Also doch! Das Kennenlernen ging gar nicht von mir aus, ich wurde manipuliert oder wie eine Marionette meiner Bestimmung zugeführt. – Welche Bestimmung eigentlich? ...

»Pssst, pssst«, schaltete sich Mauritius dazwischen, »... ich denke du hast uns vermisst, dann sei doch auch mal hier bei uns!« Er strich mir dabei sanft über den Rücken und weckte meine Sehnsucht nach ihm.

»Dich kann man wohl nur auf diese Weise ruhigstellen, was?«, raunte er.

Ich fühlte mich zwar erwischt, aber musste doch darüber lachen, so dass ich erheitert losprustete. Die beiden fielen in dieses Lachen mit ein und wandten sich schließlich den Brötchen zu, die inzwischen natürlich längst nicht mehr warm waren.

Ich verteilte den Kaffee. Dann fiel mir meine Frage wieder ein und ich stellte sie allen beiden: »Wie seid ihr euch eigentlich begegnet? Seit wann seid ihr schon zusammen?«

Sie schmunzelten vieldeutig und ein Pulsieren durchzog den Raum, das mich bunte aufsteigende Seifenblasen sehen ließ. In meinem Genick schien Brausepulver feucht zu werden, das Prickeln veranlasste mich, den Kopf zwischen den angezogenen Schultern hin und her zu drehen. Ich wusste nicht, auf wen von beiden ich meine Aufmerksamkeit richten sollte. Sie schienen nicht zu wissen, wer mich in ihr Geheimnis einweihen sollte. Und ich wurde den Eindruck nicht los, dass sie sich nicht gerade danach drängten, mich überhaupt einzuweihen.

Schließlich übernahm Aurelia das Wort: »Mauritius wohnte damals noch in Italien und suchte per Anzeige eine Wohnung in Deutschland, um zurückzukommen. Er war damals schwer verliebt, doch die Frau, nach der er sich sehnte, war die Frau seines besten Freundes. Er litt darunter, dass er ihr seine Liebe nicht gestehen konnte. Und auch vor seinem Freund ließ er sich nichts anmerken, obwohl ich mir sicher bin, dass der das ahnte. Jedenfalls war der Zustand unhaltbar und letzten

Endes der Anlass für ihn, Italien wieder zu verlassen. In der Nähe dieser Frau konnte und wollte er nicht bleiben.«

Mauritius hüstelte verlegen und mochte überhaupt nicht, dass Aurelia so ins Detail ging. Noch dazu in seiner Gegenwart. Doch Aurelia zwinkerte ihm zu und vermochte es, sein Unbehagen zu besänftigen. Dann setzte sie fort: »Mir war die Dringlichkeit in seiner Anzeige aufgefallen, obwohl sie gewiss nur zwischen den Zeilen zu erkennen war, und so antwortete ich auf seine Wohnungssuch-Anzeige. Ich schrieb, ich hätte ein Haus zur Verfügung, in das ich gut auch noch jemanden aufnehmen könnte. Es wäre Platz genug, um eine WG daraus zu machen. Er war sofort daran interessiert. Die Aussicht, in einem Haus, anstatt in einer Wohnung zu wohnen, köderte ihn sofort. Als frisch gebackener und schon einigermaßen erfahrener Innenarchitekt schien das ›gefundenes Fressen‹ für ihn zu sein.« Aurelia kicherte los.

Mauritius meuterte: »Na, du stellst das aber eigenartig dar!«

»Ja stimmt es denn etwa nicht?« Aurelia amüsierte sich weiter.

Die beiden neckten sich, und ich betrachtete das mimische Schauspiel gespannt. Mauritius war voller Unbehagen und schien zu befürchten, dass Aurelia noch mehr ausplauderte, was ich nicht so dringend wissen musste. Aurelia genoss offensichtlich, dass es ihm zwar unangenehm war, aber er sich doch zurückhielt, ohne sich zu beklagen. Es schien ein Spiel zu sein, in dem Aurelia genau abschätzen konnte, wo die Grenzen lagen. Für mich wirkte es ungemein spannend. Denn ich kannte die Grenze nicht, die sich für mich unsichtbar, aber fühlbar inmitten des Gesprächs abzeichnete.

Aurelia wandte sich wieder an mich: »Mauritius bat mich, ihm Fotos vom Haus und von mir zu mailen. Ich tat das und erhielt noch am selben Tag Antwort, dass er unbedingt bei mir einziehen wollte. Er vergaß vor Schreck sogar, mich nach dem Preis zu fragen.« Sie kicherte verräterisch und warf mir verschwörerische Blicke zu.

Ich konnte mir denken, dass er augenblicklich bereit dazu war, bei so einer anmutig schönen Frau einzuziehen und feixte. Mauritius brummte und schien aufzugeben, noch gegen unsere Weiber-Verschwörung anzukämpfen. Er wurde sogar ein bisschen rot und das rührte mich. Doch ich ersparte es ihm, das auch noch zu kommentieren. Ich wollte ihn weder quälen noch gegen mich aufbringen. Ich erkannte die Grenze in diesem Schäker-Spiel nicht so deutlich wie Aurelia.

»Und? Als er dann eingezogen war, wie ging es dann weiter?« Meine Neugier war entfacht.

»Dann haben wir nächtelang geredet und uns miteinander bekannt gemacht«, antwortete Mauritius etwas barscher, als er vermutlich beabsichtigt hatte. Doch sein Bemühen darum, das Gespräch zu beenden, war offensichtlich.

»Jetzt wird es doch erst richtig spannend!«, beschwerte ich mich.

Doch Aurelia strich mir fast unmerklich über den Arm und lächelte vielsagend. Sie hob die Augenbrauen und zuckte minimal in Mauritius Richtung. Mauritius war vom Tisch aufgesprungen und räumte scheppernd das Geschirr in das Spülbecken. Ich schaute fragend zu Aurelia und wieder zuckte ihr Kopf in seine Richtung.

Ich erhob mich, als wäre ich ihre Marionette, und lehnte mich an Mauritius Rücken. Sein Herz hämmerte so heftig, dass die Muskeln unter den Schulterblättern pochten. Ich küsste an seiner Wirbelsäule entlang abwärts, während ich immer tiefer in die Knie ging. Als meine Lippen in seinem Hohlkreuz angelangt waren, stöhnte er heftig auf und drehte sich zu mir um. Er zog mich zu sich hoch und küsste mich mit einer Leidenschaft, die mich in dieser Situation überraschte. Er hatte eine interessante Art, seinen Unmut zu kanalisieren. Ich schnaufte anerkennend, doch unterließ es, meine Gedanken in Worte zu fassen. Lediglich ein Kichern bahnte sich seinen Weg. Doch das konnte ja vieldeutig sein. Wobei ich natürlich vergaß, dass Mauritius meine Gedanken mitbekam.

Er drückte mich prompt von sich und forderte mich auf, die Marmelade in den Kühlschrank zu stellen. Seiner vollkommen neutralen Stimme war nicht anzumerken, dass sie eben noch geräuschvoll am Schnaufen gewesen war. Aber das war ja nur die Atmung, nicht unbedingt die Stimme. Ich musste schon wieder grinsen und wandte mich lieber von Mauritius ab. Vielleicht würde er nicht merken, was ich dachte, wenn ich ihm den Rücken zukehrte.

Kurz darauf fanden wir uns alle im Wohnzimmer wieder. Aurelia war an das Sofa herangerollt und blätterte in einer Zeitung. Dann riss sie vorsichtig ein Stück aus einer Seite heraus und reichte Mauritius den Ausschnitt. Er trat zu ihr und nahm ihr das Zettelchen ab. Seine Augen waren so voller Neugier wie Kinderaugen, in ihnen spiegelte sich größtes Interesse. Ich spürte, dass er der Sache nachgehen würde. Er überflog den Ausschnitt immer wieder.

Ich konnte nicht erkennen, was es war, vermutete aber, es könnte eine Anzeige sein. Die beiden waren ein eingeschworenes Team, das sich ohne viele Worte verständigen konnte. Ich wusste nicht, ob ich mich dazu gesellen oder besser zurückziehen sollte und dachte, dass sie ja vielleicht auch mal für sich sein wollten. Ohnehin musste ich mal raus, mir war nach einem Spaziergang in der Natur zumute.

Ich wartete, bis die beiden nicht mehr beschäftigt wirkten, und fragte Aurelia, ob sie vielleicht mitkommen wolle. Sie hob die Augenbrauen und schaute ernsthaft drein, ich spürte, wie sie ihre Gedanken blockierte, um mich daran zu hindern, darauf zuzugreifen.

»Das finde ich jetzt aber ungerecht!«, beschwerte ich mich prompt. »Ihr könnt doch auch jederzeit in meinen Kopf hineingreifen! Wieso gewährst du mir keinen Zugang, obwohl ich ohnehin noch lange nicht so perfekt mithören kann, wie du?« Ich war nicht nur enttäuscht, sondern auch ein bisschen verärgert. Ungerecht kam mit das vor, und ich mochte keinerlei Art von Ungerechtigkeit. Aurelia lächelte versöhnlich und strich mir über den Arm. Doch ich entzog ihn ihr und schmollte.

»Es steht dir jederzeit frei, deine Gedanken vor uns zu verbergen. Doch erfahrungsgemäß wirst du erst lernen müssen, auf sie zu fokussieren, bevor du erfasst, wie du sie umlenken kannst. Davon abgesehen habe ich nichts blockiert, ich bin dir lediglich ein klein wenig ausgewichen. Du hättest schon noch an sie herankommen können, wenn du gewusst hättest, wie. Vielleicht nimmst du das als Anreiz, dich auf Gedanken zu konzentrieren, damit du schneller mit uns verwächst.« Sie sagte das so lapidar hin. Doch ich empfand die letzten Worte, als wäre dicht vor meinen Augen etwas herabgefallen und auf dem Boden aufgeschlagen. Meine Verärgerung war vor Schreck verschwunden.

Mauritius lief scheinbar gedankenversunken durchs Zimmer. Doch nicht versunken genug, um nicht auf meine Frage zu reagieren, die sich eben in die Startlöcher begab.

»Nein Leila, tut mir leid. Ich kann dich auch nicht begleiten. Fahr doch mit dem Bus in die alten Gärten am Rande der Stadt. Es gibt dort wieder einen Bereich, den Spaziergänger nutzen dürfen. Es wird dir guttun und gefällt dir sicher besser, als allein im Stadtpark, wo deine Gedanken vermutlich nur um die Liebespärchen kreisen würden.« Er lächelte verschmitzt, und das tat mir gut. Wieder staunte ich, wie genau er mich kannte.

Mir schoss eine weitere Frage in den Sinn: Hat Mauritius eigentlich auch schon vor unserem Kennenlernen von mir geträumt? – Ich wollte durchaus nicht, dass er diesen Gedanken gleich hörte, doch es war zu spät, ich hatte ihn klar und deutlich gedacht.

Mauritius drehte sich um und mir den Rücken zu. Es war nicht klar, ob er so tun wollte, als wenn er ihn nicht mitbekommen hatte – um mir einen Gefallen zu tun –, oder ob er mir nicht darauf antworten wollte.

Er schüttelte beinahe unmerklich den Kopf und ich entdeckte im Bruchteil einer Sekunde, wie er sich das Lachen verkniff. Ich hatte die Zuckungen auf seiner Wange mitbekommen. Doch auch sein Oberkörper bebte. Schließlich prustete er los, drehte sich blitzschnell um und stürmte auf mich zu. Er verschloss mir die Lippen auf angenehmste Weise und ich begriff natürlich, dass er gleichsam auch mein inneres Reden stoppen wollte. Ich kicherte durch den Kuss hindurch. »Vielleicht sollte ich mir schon für solche Küsse mein dauerndes Innen-Geplapper lieber nicht abgewöhnen!«

Mauritius intensivierte seine Leidenschaft, bis mein Gedankenkarussell sich endlich in Luft auflöste. Ich war auf einmal völlig entspannt. Er trat ein kleines Stück zurück und nahm mein Gesicht in seine Hände. Seine Augen fixierten mich und sein Blick schien geradewegs in meine Seele zu wandern. Vor meinem Blick aber tat sich eine herrlich wilde Pflanzenlandschaft auf. Ich entdeckte sie in seinen Augen und mein Gehirn entfaltete dieses Minibildchen auf meinem eigenen Projektor. – Verwilderte Gärten, die in ungebändigter Schönheit eine natürliche Blumenvielfalt boten. Es mussten die Gärten sein, von denen er gesprochen hatte, er zeigte sie mir in seinem Kopf. Ich staunte. Also konnte man nicht nur Gedanken mithören, sondern auch in die Bilderwelten des anderen eintauchen.

»Na gut, du hast mich überredet, ich werde hinfahren. Deine Überzeugungskunst ist aber auch unschlagbar!« Ich schmunzelte ihn an.

Ich zog mich um und schnappte mir meine Handtasche. Im Portemonnaie war für alle Fälle auch noch eine gewisse Reserve drin. Ich nahm die Bluse über den Arm und wollte schon hinaustreten, doch ich hatte noch die Hausschuhe an. Also sprang ich wieder in den Flur zurück und schlüpfte in die richtigen Schuhe.

»Weißt du, wie du hinkommst?«, fragte Mauritius, der mir aus der Küche nachblickte.

»Nein, eigentlich nicht so richtig, ich dachte das Wichtigste ist, dass ich endlich mal loskomme!«

Wir vermieden jeglichen Blickkontakt. Diesmal wusste ich, dass wir dabei einander losließen. Mauritius legte einen kleinen Faltplan auf das Schlüsselbrett und meinte, es könne ja nicht schaden, wenn ich den dabei hätte. »Du kennst dich in den Außenbereichen der Stadt vielleicht noch nicht in jedem Winkel aus.« Das hatte er nett formuliert, ich kannte mich überhaupt nicht aus. Aber das lag an meinem unterentwickelten Orientierungssinn und mangelnder Beschäftigung mit dem Stadtplan.

Als ich endlich auf die Eingangstreppe trat, fühlte ich mich, als müsste ich gleich einen Sprung von einem 5m-Turm wagen. Aus meinem Rücken heraus schienen sich breite Gummibänder zu spannen, die mich jeden Augenblick wieder ins Haus zurückschneppen würden.

Doch Mauritius versetzte der Tür hinter mir einen Stoß und ließ sie überdeutlich ins Schloss fallen. Ich wünschte sehnlichst, eines Tages ebenso geschickt mit meinen Eigenheiten umgehen zu können, wie er.

4 ☼ Eingeweiht

Nach einer ausführlichen Runde durch die Wohnsiedlung, in der ich jetzt schon seit geraumer Zeit weilte, ohne sie jemals erkundet zu haben, begab ich mich auf die Suche nach der Bushaltestelle.

Als die Bustüren sich hinter mir schlossen, verspürte ich einen seltsamen Stich im Herzen, und drückte mir überrascht meinen Handrücken auf den Mund. Mir wurde flau. Einen winzigen Moment verspürte ich heftige Angst. Ich fürchtete, diesen Platz der vorher ungekannten Geborgenheit niemals je wiederzufinden.

Unsicher hangelte ich mich an den Haltegriffen entlang bis ans Ende des Busses. Dort ließ ich mich auf den Sitz plumpsen und versuchte, mich innerlich zu sammeln. Ich atmete tief durch und schaute aus dem Fenster. Ich atmete weiterhin betont langsam ein und aus ... und zuckte plötzlich von der Scheibe zurück. ›Ist da gerade ein kleiner goldener Ball vorbeigeschwirrt?‹ Ich versuchte meine Augen auf das Nachbild von dem, das ich gesehen zu haben glaubte, scharf zu stellen. Doch es gelang mir nicht. Es war folglich nur der goldene Kometenschweif einer Sinnestäuschung gewesen.

Ich war kurz davor, einzunicken, doch ich riss mich zusammen. Ich wollte schließlich neugierig und aufgeschlossen ein Stück der neuen Stadt erkunden.

Ich studierte das kleine Faltblatt, das ich im letzten Moment noch in die Tasche gesteckt hatte, und entdeckte eine blaue Einkreisung. Mauritius hatte für mich die Gärten markiert. Ich stieg absichtlich eine Station früher aus und näherte mich dem Ziel zu Fuß. An meiner Seite plätscherte ein kleiner Bachlauf, dessen Wasser munter über die Kieselsteinchen gluckerte. Es gefiel mir sofort in dieser Gegend.

Als ich die Gärten erreichte, öffnete sich mir das Herz. Es war paradiesisch hier. Ich war so froh, dass ich Mauritius Empfehlung gefolgt war. Meine Dankbarkeit ihm gegenüber strömte aus meinem weit offen stehenden Herzen und umarmte die Büsche, die die einzelnen Gärten zu bewachen schienen. Ich strich im Vorbeigehen mit gespreizten Fingern durch die Blättchen und Zweiglein, die den Wegesrand säumten. Um diese Zeit war hier keine

Menschenseele. Ich war absolut allein und fühlte mich doch nicht einsam.

An einem Garten blieb ich stehen und schirmte die Augen gegen das blendende Gegenlicht ab. Hier gab es auffällig viele zwitschernde, trällernde oder singende Vögelchen. Ich wollte unbedingt eines entdecken. Ein Pirol-Pärchen flog aufgeschreckt davon und beäugte mich anschließend misstrauisch von einem weiter entfernt liegenden Baum aus. Kurz darauf kehrten beide in den Garten zurück, vor dem ich stand. Ich freute mich, dass sie mir vertrauten, und streifte sie mit einem dankbaren Blick. Ich wollte niemanden verschrecken. Denn ich mochte das Gefühl, von Tieren in ihren Kreis aufgenommen zu werden.

Am Ende des Sandweges stand ein Törchen offen. Ich traute mich, einzutreten. Vor dem sicher einst romantischen Mini-Gartenhäuschen, das inzwischen leider verfallen war, betrat ich die morschen Holzbohlen, die vor dem Eingang eine kleine Terrasse bildeten. Diese war mit arabisch wirkenden geschwungenen Holzgittern umbaut und verströmte selbst in diesem angenagten Zustand immer noch ein Flair vergangener Zeiten. Vielmehr sogar symbolisierte es menschliche Wahrnehmung und Lebensart.

Ich strich liebevoll über das Gitter, das mich an Bilder aus ›Tausendundeiner Nacht‹ erinnerte. Neben der Tür stand eine Holzbank, deren Hauptgestell aus schmiedeeisernem Eisen bestand, und die wohl deshalb überdauert hatte. Ich wischte mit einem Taschentuch über die Holzfläche und staunte, dass das Tüchlein sauber blieb. Vielleicht war diese Bank eine versteckte Oase für in diesen Ort eingeweihte Liebespaare.

Ich setzte mich und fand augenblicklich zu großer innerer Ruhe. Ich schloss die Augen und genoss die saubere Luft, die sich leichter als sonst zu atmen schien.

Die Tür neben mir knackte. Ich zwang mich, die Augen geschlossen zu halten, obwohl mich ein heftiges Unbehagen befiel. Doch ich hatte vorher aufmerksam alles auf Menschen hin abgesucht. Es schien jetzt abwegig, dass hier jemand auftauchen könnte.

Ich atmete und versuchte zu meditieren. Trotz geschlossener Augenlider bemerkte ich, dass mich ein kleiner goldener Ball umkreiste.

Ich rückte auf der Bank, auf der ich saß, auf die äußerste Vorderkante, um sprungbereit zu sein, falls ich doch weglaufen wollte. Das goldene Etwas verharrte hinter meinem Rücken. Ich schwitzte. Meine Füße wurden kalt, als ständen sie in einer Pfütze.

Ich wusste augenblicklich, dass dieses goldene Ding vorhin im Bus doch keine Sinnestäuschung gewesen war. Seltsamerweise beruhigte mich diese Gewissheit. Es war demnach kein Phänomen dieses Gartens. Mich beschlich eine Ahnung, dass ich bereits in Begleitung zu Hause abgefahren war. Ich fand das tröstlich. Mir schwante allmählich auch, in wessen Begleitung ich mich befand.

Als ich die Augen öffnete, saß neben mir auf der Bank eine goldschimmernde Erscheinung. Sie hatte keine menschlichen Konturen, doch es schien, als versuchte sie, diese anzunehmen. »Aurelia? Bist du das?«, hörte ich meine Stimme. »Falls du das bist, dann bemühe dich nicht, du musst nicht wie ein Mensch aussehen, ich weiß inzwischen, dass du auch als Geist erscheinen kannst.«

Interessant, was ich alles zu wissen glaube, dachte ich und feixte über mich selbst.

Das goldene Flirren neben mir schrumpfte zu einer goldenen Kugel zusammen und leuchtete dafür beträchtlich. Ich näherte mich vorsichtig mit einer Hand und streichelte mit geringem Abstand von dem, was ich sah, über dieses runde Ding. Danach überflutete mich eine Wärme, die mich mehr als überraschte. Mein eigener Körper schien aufzuglühen, aber es war mir nicht unangenehm.

Mein Blick fiel auf meinen rechten Arm, den ich zum Kugelstreicheln an mir vorbei nach links gestreckt hatte. Er leuchtete! Und wie der leuchtete! Ich griff mit der linken Hand auf diesen leuchtenden Unterarm und strich darüber. Auch die linke Hand leuchtete. Ich schaute zu mir auf den Schoß und bemerkte dieses Leuchten auch auf meinen Beinen.

»Was ist das?«, stieß ich hervor. »Wieso kann ich dermaßen leuchten? Aurelia! Was geschieht hier? Geht das nachher wieder weg?«

Aurelias Stimme vernahm ich innerhalb meines Kopfes. »Natürlich geht das wieder weg. Es kann sich nicht lange an dir halten, du reflektierst es eigentlich nur. Und es wäre auch nicht geschehen, wenn du nicht über mich gestreichelt hättest. Ich hab dich extra nicht berührt, weil ich dich nicht erschrecken wollte. Aber wie ich sehe, kommst du damit klar.« Sie lachte freundlich.

»Ich höre dich in meinem Kopf. Heißt das, dass ich jetzt deine Gedanken vernehme?«

»Ja Leila, wir benutzen beide keine Stimme, du auch nicht, das hast du bloß noch nicht bemerkt.«

Es stimmte, ich murmelte nicht etwa vor mich hin, als spräche ich mit mir selbst. Ich vermochte es, mich wie selbstverständlich, ohne zu sprechen, auszudrücken. Ich war fasziniert. »Ich kann wirklich mehr, als ich mir zutraue! Woher weiß ich denn, wie das geht?«

»Leila, spar dir solche Fragen und stelle mir die wesentlichen!«

Es hatte mir begonnen, Spaß zu machen, und so wollte ich das Phänomen gründlich erforschen. Das war eben meine Art. Aber ihre Stimme hatte mich gedrängt, es zu unterlassen, ich vermutete, wir hatten nicht viel Zeit.

»Wer oder was bist du? Mauritius Frau ja wohl eher nicht. Oder bist du vielleicht der Geist seiner ehemaligen Frau? Also ich meine, bist du gestorben und jetzt nur noch auf diese Weise da?«

»Nein, das geht völlig in die falsche Richtung. Und du fragst immer noch aus dem Verstand, frage aus deinem Herzen heraus, das weiß schon viel mehr.«

Ich schwieg einen Moment und überlegte.

»Mauritius sagte mal zu mir, wir seien so eine Art Matrix. Könnte es sein, dass ... also dass du ... nun ja ... also ... die ›Liebe‹ verkörperst?«

Ein zarter Hauch strich mir über die Wange, ein zweiter berührte meine Lippen. Ich fragte weiter: »Also muss ich die ›Liebe‹ lieben, um Mauritius zu erlangen. – Weiß Mauritius das?« Wieder berührte mich ein warmer Hauch auf meiner Wange.

»Wieso kannst du im Haus als normale Frau erscheinen?«

»Ich habe dieses Haus selbst erschaffen. Es ist eine Illusion für die menschliche Wahrnehmung, genauso wie ich selbst, wenn ich darin erscheine. Doch außerhalb des Hauses kann ich das nicht. Deshalb wollte ich dich scheinbar nicht begleiten, als du mich eingeladen hast, mitzukommen. Doch allein, dass du mich darum gebeten hast, hat mich bewogen, dich schon heute mit meiner Wesenheit zu konfrontieren. Du willst mich instinktiv in deiner Nähe haben, um die Rätsel zu ergründen, die mich umgeben. Deine Neugier ist ein wahrer Beschleuniger, und du bist weit stärker als erhofft.«

Ich neigte den Kopf, als wenn ich mich für diesen Satz bedanken wollte.

Doch dann platzte es aus mir heraus: »Warum sitzt du in einem Rollstuhl, wenn du dich als Illusion erschaffen hast? Du hättest dir doch ebenso einen gesunden Körper verleihen können?«

»So? Hätte ich das?« Ihre Stimme vibrierte eigentümlich.

»Warum denn nicht?«, forschte ich nach.

»Da wirst du schon noch von selbst drauf kommen.« Sie konnte sogar ein Lächeln mit ihrer Stimme transportieren.

Und blitzartig wurde mir bewusst, dass Mauritius mir vorhin ganze Gärten übermittelt hatte. Gleichzeitig vernahm ich den Bruchteil eines Gedanken, der kurz an mir vorüberhuschte: ... seine Liebe kann noch nicht auf eigenen Beinen stehen ...

Ich schüttelte irritiert den Kopf.

»Weißt du, Aurelia, ich muss ziemlich viele seltsame Dinge begreifen. Manchmal fühle ich mich, als wäre ich auf einem anderen Stern gelandet. Und wenn ich zu viel Angst bekomme, dann beschleicht mich womöglich eines Tages eine Sehnsucht nach der verlässlichen Alltagswelt. Ich sehe das kommen und fürchte es zugleich. Ich möchte nicht davonlaufen, du musst das wissen, denn ich bekomme so eine Ahnung, dass es passieren könnte.«

»Ich weiß, Leila, ich weiß. Du vertraust dir selber nicht und fürchtest dich deshalb vor Prüfungen. Du willst sie umgehen, um niemals zu scheitern. Du möchtest lieber im Tal bleiben, während du sehnsüchtig auf den Berg hinauf schaust. Zum Glück stehst du bereits ziemlich weit oben und hast das Tal längst verlassen. Du folgst geheimen Rufen, die dich aus deinem Labyrinth herauslocken. Du vertraust deinem Schicksal. Dein wichtigster Begleiter ist deine Neugier. Bewahre sie dir in jeder Situation!«

Die Worte hatten es in sich. Ich schwieg verlegen, denn ich musste wohl zustimmen. Dann aber forschte ich weiter: »Und wie wird es jetzt weitergehen mit uns Dreien?«

»Das herauszufinden ist deine Aufgabe.«

»Ich hab Angst.«

»Weshalb? Es gibt doch einiges, das dir recht viel Freude bereitet auf diesem Weg.«

»Aber wenn ich dich richtig verstanden habe, geht es nicht darum!? – Ich frage mich sogar, ob ich jetzt, da ich dich erkannt habe, überhaupt noch genauso wie bisher auf Mauritius zugehen kann. – Das, was du brauchst, ist die Energie der Begierde-freien Vereinigung. Ist es nicht so?«

»Leila, mein Liebes! Du lernst wirklich schnell. Aber das heißt nicht, dass man die Begierde davon ausschließen müsste. Solange sie nicht *alle* Aufmerksamkeit auf sich zieht, ist sie sogar äußerst förderlich. Sie darf nur die Energien nicht vom Eigentlichen abziehen.«

In mir ertönte die Wiederholung der Stimme, mit der Aurelia mich am ersten Tag beschworen hatte: »Unter einer Bedingung – ich werde nicht ausgeschlossen und du versuchst nicht, Mauritius von mir zu trennen.« Das ergab nun einen völlig neuen Sinn.

Ich rutschte auf der Sitzfläche der Bank weiter nach hinten und lehnte mich an die Rücklehne. Ich konnte mich nicht mehr gegen meine Müdigkeit wehren, sie überfiel mich, als würden sich Wolken vor den Himmel schieben. Ich nickte ein.

Als ich erwachte, war sehr später Nachmittag. Ich fröstelte und meine Finger waren überaus blass. Ich zog die Bluse an, die ich zum Glück mitgenommen hatte, und zupfte den Kragen hoch, um mich gegen die leichte Sommerbrise zu schützen. Es waren gewiss inzwischen fünfundzwanzig Grad. Die Sonnenstrahlen fielen etwas entfernt von mir aufs Beet. Ich stand auf und stellte mich dorthin, um mich ein wenig aufzuwärmen.

Ich erinnerte mich an meinen Austausch mit Aurelia und versuchte zu ergründen, ob sie tatsächlich erschienen war, oder ob ich schon früher eingenickt war, als ich geglaubt hatte. Der nächste Gedanke blies sich mächtig auf: Dann hätte ich von all dem nur geträumt?

Ich rückte mir die Handtasche auf der Schulter zurecht und lockerte meine Knie. Schließlich verließ ich den Garten, ohne mich noch einmal umzusehen.

Auf dem Weg zum Bus wurde mir schneller warm, als mir lieb war. Denn er fuhr bereits an, als ich von hinten auf ihn zu rannte. Der nächste Bus würde erst in einer Stunde kommen, solange wäre ich ungern dort hängengeblieben. Ich versuchte, ins Blickfeld des Rückspiegels zu geraten, und winkte wie wild mit beiden Armen: »Bitte! Halt noch mal an«, rief ich flehend, und prompt leuchteten die Bremslichter auf. Ich raste um den Bus herum und stürmte die Stufe hinauf. »Sie sind ein Engel, danke, das ist großartig, dass Sie nochmal gehalten haben, finde ich große Klasse!« Der Fahrer strahlte mich an und winkte mich durch.

Vor unserem Haus angekommen, schaute ich versonnen in den Garten. So viele Blumen in allen Größen und Farben, es duftete betörend und übertraf darin jeden Blumenladen. Das sollte alles nur eine Illusion sein? Es war doch da, es existierte doch! Ich beschloss in diesem Moment, dass die Begegnung mit Aurelias Geist doch nur geträumt gewesen wäre.

Als ich die Küche betrat, traf ich gleich auf Mauritius. Er hatte sich wieder einmal in einen unwiderstehlichen Koch verwandelt und schnippelte Gemüse klein.

»Soll ich dir helfen?«, bot ich mich gleich an.

»Na komm erst mal richtig an, du willst dich bestimmt auch umziehen. Danach kannst du mir erzählen kommen, ob dir die alten Gärten gefallen haben.« Er schmunzelte und wusste bestimmt längst Bescheid. Ich schlang ihm meine Arme um den Hals, und er ließ das Messer fallen. »Nicht so stürmisch, junge Frau, hier purzelt ja gleich alles vom Tisch!«

Ich schaute auf den Boden und entdeckte dort Tomatenstücke. Ein Schmunzeln konnte ich mir nicht verkneifen, doch dann hauchte ich Mauritius ins Ohr: »Ich hab dich so vermisst! – Deine Stimme krabbelt mir charmant das Ohr, dein Duft kitzelt in meiner Nase, du wirkst noch verführerischer als sonst. Ich liebe dich.«

Mauritius knabberte mir am Ohrläppchen und raunte: »Du machst mir Appetit, ich würde dich am liebsten gleich vernaschen.« Er hauchte mir seinen Atem ins Ohr und versetzte mir einen wohligen Schauer. »Ich liebe dich auch.

Mindestens!« Er stupste mit seinem ... hm – Bauch gegen meinen. Ich lief rot an und atmete geräuschvoll. Einen Augenblick verharrten wir völlig schweigsam in dieser Position, meine Ohren glühten, mein Herz schien Purzelbäume in meiner Brust zu schlagen.

»Gott, du bist echt unwiderstehlich!« Ich stieß mich vom Küchentisch ab, um zu entkommen. »Ich will mich wirklich noch umziehen!«

Der Blick, der mich streifte, zog mich auf jeden Fall schon mal aus. »Gott, ich fasse es nicht, wie machst du das nur?«, schnaufte ich hervor.

»Na wenn ich ein Gott bin, ist das doch nur natürlich, oder etwa nicht?«

Ich kicherte heftig und machte mich davon. Zuerst verschwand ich mal im Bad, wusch mir die Hände und das Gesicht und hätte danach gerne in den Spiegel geschaut. Der existierte aber immer noch nicht. Ich trocknete mir das Gesicht ab und versuchte, meine Gedanken zu sortieren. Mein Geist stolperte offensichtlich unentwegt von einem Traum in den nächsten. Denn war es nicht traumhaft, in einem solchen Haus zu wohnen und so wie eben begrüßt zu werden? Aber wo war eigentlich Aurelia?

Ich huschte in mein Zimmer und wechselte die Klamotten. Danach eilte ich zu Mauritius zurück, und fragte ihn sofort: »Wo ist Aurelia?«

»Sie hat sich vorhin in ihr Zimmer zurückgezogen.«

»Habt ihr nicht die Gelegenheit ausgenutzt, mal ohne mich zu sein?«, stichelte ich.

Mauritius sah mich eigenartig an und ich konnte nicht deuten, was dieser Blick ausdrückte.

»Soll ich was machen?«, fragte ich, um meinem Grübeln entgegenzusteuern.

»Nein, brauchst du nicht, aber du kannst mir gerne Gesellschaft leisten, ich merke doch, wie du darauf brennst, mich mit Fragen zu bombardieren.« Wir lachten überschwänglich, und ich fühlte mich ermutigt, mit meinem Verhör zu beginnen.

»Aurelia kann auch als Geist erscheinen, weißt du das?«

»Ja. Ich weiß.«

»Was tut sie mit dir, wenn sie dir erscheint?«

Er schaute amüsiert zu mir: »Na das, was sie mit dir tut.«

»Das kann nicht sein, sag mal ehrlich!«

»Sie erfüllt Wünsche. Dir deine und mir meine. Manchmal uns unsere.«

»Ah. So ist das. Ja. So kann man es natürlich auch betrachten.«

»Wie sonst noch?«

»Das frage ich mich auch!«

»Na du wieder!« Er wandte sich erneut dem Gemüse zu.

»Wo ist denn ihr Körper, wenn sie als Geist erscheint?«, hakte ich nach.

»Leila! Also bitte! Musst du denn immer alles zerlegen?«

»Stellst du dir denn nie solche Fragen?«

Er überlegte und zog nachdenklich die Augenbrauen zusammen, seinen Blick richtete er dabei schräg nach unten. Ich wusste nicht, ob er überhaupt noch darauf antworten wollte. Doch nach einer Weile sagte er: »Ich glaube, ich nehme das alles so hin, wie es ist. Für mich sind das Tatsachen, auch wenn sie ungewöhnlich sind. Für dich ist das alles eine Frage des Glaubens. Doch du zweifelst gleichzeitig alles an. Du willst sichergehen, dass das, woran du glaubst, auch wirklich existiert. Also glaubst du es doch nicht. Dabei ist gar nicht raus, was

›wirklich existieren‹ bedeutet. Für dich heißt das anscheinend, dass es auch für andere Gültigkeit haben muss. Für mich bedeutet es, was ist, das ist. Darin unterscheiden wir uns.«

»Du lieber Himmel! Du kannst aber präzise Analysen machen! Ich verstehe, was du sagst und kann es sogar nachvollziehen und letztendlich muss ich dir wohl zustimmen.«

Ich grübelte im Stillen weiter, bevor ich nachsetzte: »Du hast es aber in der Tat viel leichter als ich, vielleicht sollte ich lieber mit dir tauschen!«

»Lass man, lass, Leila, du bist unersetzlich! Vielleicht kannst du im Großen und Ganzen nur das sein, was du bist, indem du dich den Dingen auf deine Weise näherst. Ich meine, ich kann dich nicht ersetzen ... konnte es die ganzen Jahre nicht, obwohl ich wollte. Aber ...« Er verstummte.

»Was aber ...?«

»Ohne dich geht es nicht.«

»Was geht nicht ohne mich?«

»Ich hab schon zu viel gesagt.«

»Was!«

»Du musst alleine dahinter kommen! Ich darf mich nicht in deinen Erkenntnisprozess einmischen!«

»Warum nicht?«

»Sonst handelst du nachher nicht aus dir heraus, also nicht vom Herzen her. Das ist aber unerlässlich!«

Wir schwiegen eine Weile. Dieses Schweigen fühlte sich an, als wenn uns Rauchschwaden einräuchern würden.

Schließlich durchbrach ich den Dunstkreis. »Wieso weißt du so viel mehr als ich?! Wer hat dich eingeweiht?«

»Ha! Niemand! Und ich hab wahrlich weit mehr Zeit gehabt, als du bis jetzt! Glaub mir, du rennst in Siebenmeilenstiefeln! Vor dir scheinen sich die Türen wie von selbst aufzutun, und du bemerkst noch nicht einmal, dass du es bewirkst!«

Ich spürte Bewunderung aus seinen Worten heraus und war seltsam berührt. Doch verstanden hatte ich eigentlich nichts.

»Kann ich nicht doch irgendetwas machen?«, bettelte ich und zeigte auf das Gemüse. »Ich brauche etwas, um meine Nerven zu beruhigen!«

Mauritius schaute mich langanhaltend an und versuchte, mich zu ergründen. Es fühlte sich angenehm an. Ich liebte es, wenn er seine intensive Aufmerksamkeit auf meine Seele richtete. Ich wusste, dass er mich in diesen Momenten weit besser erkannte, als ich mich selbst. Und schon dafür liebte ich ihn.

»Setz dich eine Weile in den Wintergarten, ich hab die Fenster aufgemacht, damit es nicht zu drückend ist. Aber die Pflanzen werden dir helfen, zur Ruhe zu kommen. Ich rufe dich, wenn das Essen fertig ist. Es macht also nichts, falls du einschlafen solltest. Ich empfehle es dir sogar ausdrücklich! Häng dich gleich in den Schaukelstuhl. Aber mach dich auf was gefasst!« Er wandte schnell den Blick von mir ab, um nichts zu verraten.

Ich wurde kribbelig vor Neugier, aber wollte es ebenfalls verbergen. Betont langsam erhob ich mich vom Stuhl und tat, als wenn ich mir noch überlegen würde, ob ich wirklich auf den Wintergarten zusteuern wollte. Doch hinter meinem Rücken vernahm ich ein Schnauben, das einem zurückgehaltenen Lachen entsprang.

Natürlich begab ich mich augenblicklich in den Wintergarten. Und freilich auch in den Schaukelstuhl. Doch obwohl ich eben noch voller Erwartungen gewesen war, fand ich eine Stille in mir, die ihresgleichen suchte. Während ich einnickte, schwebte ich davon. Ich fand mich auf einer Blümchenwiese wieder und entdeckte mich selbst. Ich erkundete die fremde Umgebung und fand sie gleichermaßen befremdlich und vertraut.

Bevor ich mich lange darüber wundern konnte, entdeckte ich Mauritius und Aurelia. Sie schienen mich zu erwarten. Ich gesellte mich zu ihnen und ließ mich unter einem blühenden Baum nieder, den ich nicht kannte. Seine Blüten dufteten. Das Gras unter dem Baum war kurz und dicht gewachsen, so dass es wie ein samtener Teppich wirkte.

Ich ließ mich nieder und streckte mich aus, als mich samtweiche Hände überraschten und mir mein leichtes Sommerkleid über den Kopf hinweg auszogen.

Aurelia kniete neben mir und bückte sich in ihrer menschlichen Gestalt über mich, nichts erinnerte an ihren Rollstuhl. Ihre Schönheit war überirdisch, es fiel nicht schwer, sie für die Verkörperung der Liebe zu halten. Ihr Kuss entsprang warmen, weichen Lippen, ihre Brüste drängten sich an meine. Ihre Hände folgten den Spuren, die Mauritius beim letzten Mal unsichtbar auf meiner Haut hinterlassen hatte.

Mauritius näherte sich mir von der anderen Seite. Auch seine Hände suchten nach den vertrauten Wegen. Ich ergab mich hingebungsvoll den machtvollen Strömungen, die von mir Besitz ergriffen. Aurelias Küsse überforderten meine Sinne, sie waren unvergleichbar. Ihre Lippen setzten sich wie eine Stimmgabel auf meine und brachten meinen gesamten Körper zum Schwingen. Mauritius stimmte sich darauf ein, um völlig mit uns in Gleichklang zu geraten.

Ich wand mich im Schaukelstuhl hin und her und ... erwachte aus diesem entzückenden Schlummer.

Aurelia stand neben mir. Sie betrachtete mich und lächelte versonnen. Ihre Schönheit erschien gegenüber sonst um ein Vielfaches gesteigert. Ich fühlte mich ertappt und flüsterte verlegen: »Aurelia!«

»Dein Traum freut mich in jeder Weise! Du hast mich integriert, wie ich sehe, und das so schnell!« Ihre Stimme drang warm und samten an mein Ohr. Ich starrte sie fassungslos an, sie wirkte auf einmal, als könnte sie mir vorhin doch wahrhaftig erschienen sein.

Doch was weitaus verblüffender war: Sie stand. Mir fiel es nur auf, weil sie sich wieder hinsetzte, ich hätte es sonst womöglich nicht bemerkt. »Aurelia!«, rief ich noch einmal. »Das ist ja großartig!«

Sie legte den Kopf schief und flüsterte zurück: »Ich danke dir!«

Ich schluckte. Dankte sie mir für den Traum oder für ...? Ich zwinkerte einige Male mit den Augen. Hatte sie eben überhaupt wahrhaftig vor mir gestanden?

»Mauritius, kommst du mal schnell?!« Er kam im Sauseschritt. »Was ist denn?«

»Ich ... ich wollte nur wissen, ob ich wach bin oder träume. Kneif mich mal!«

Wir erinnerten uns augenblicklich an das letzte Mal, als ich ihn darum gebeten hatte.

»Ich werd' mich hüten!«, gab er prompt zurück, »du läufst einem ja gleich weg, wenn man dich kneift.« Er machte nur Spaß, aber wir wussten beide, dass fast jedem Spaß auch ein Fünkchen Ernst beiwohnte.

»Aurelia hat gerade neben mir gestanden!«, verriet ich.

Aurelia warf mir einen nicht deutbaren Blick zu und rollte davon. Mauritius zog mich aus dem Schaukelstuhl hoch und raunte mir ins Ohr: »Und? Warst du eingeschlafen?« Er hatte die Tragweite meines Ausrufs offenbar nicht verstanden. »Mauritius! Aurelia hat neben mir *gestanden* und mich geweckt!« Er kapierte es immer noch nicht. Ihn schien vielmehr zu interessieren, ob Aurelia mir als Frau im Traum erschienen wäre.

»Ja. Es war fantastisch und berauschend und beglückend und alles auf einmal, aber hör doch endlich! Sie hat nicht mit dem Rollstuhl neben mir gestanden, sondern auf ihren Beinen! Hier! Neben mir.«

Nun riss er doch die Augen weit auf und begriff den Sinn meiner Worte. »Aber ... aber – das ist ja fantastisch!«

»Na sag ich doch! Das ist unglaublich!« Ich hustete und räusperte mich. »Apropos unglaublich, ich hab dir noch was verschwiegen. Und ich weiß nicht, ob du das schon mitbekommen hast. Weil, eigentlich hab ich es ja auch nicht gedacht. Und ich weiß nicht, ob du auch sehen kannst, was ich erlebe, wenn ich weg bin ...« Ich schaute ihn fragend an.

»Nein, wohl nicht, was ist? Hast du einen anderen Mann kennengelernt?«

»So ein Blödsinn! Du scheinst es wirklich noch nicht zu wissen. Hier wird man ja noch irre darüber, wer wann was weiß und wann nicht!«

Aurelia rief aus dem Wohnzimmer: »Ich dachte, das Essen wäre fertig. Sollen wir nicht rüber gehen?« Wir folgten ihrem Ruf und begaben uns in die Küche. Während Mauritius sich zum Herd wegdrehte, schaute Aurelia mir in die Augen und schüttelte leicht den Kopf. Sie schien nicht zu wollen, dass ich Mauritius von unserer Begegnung erzählte. Fragend blickte ich ihr in die Augen und versuchte zu ergründen, warum sie mich bremste. Sie starrte knapp an mir vorbei und fixierte einen Punkt auf Mauritius Rücken. Als würde sich darauf etwas widerspiegeln, hallten *seine* Worte von vorhin in mir nach: »Du musst alleine dahinter kommen, ich darf mich nicht in deinen Erkenntnisprozess einmischen!« Diesmal galt das offenbar für ihn. Ich verstand jetzt, was sie meinte. Mauritius aber hatte etwas zwischen uns aufgefangen und schaute sich aufmerksam nach uns um. Er sprach kein Wort, zog aber die Augenbrauen zusammen und legte seine Stirn in Falten. Und er schwieg, während er das Essen verteilte. Man sah ihm an, dass ihm die Töpfe schwerer vorkamen als sonst.

»Mauritius? – Du hast mal zu mir gesagt: Vertrau mir, alles wird gut, weißt du noch?«
Er schaute mich daraufhin aufmerksam an und verstand meine tröstliche Geste. Sein Gesicht entspannte sich wieder und sein Atem strömte deutlich sichtbar durch seine Brust. Er lächelte dankbar.
Der Moment fühlte sich bedeutsam für mich an; zum ersten Mal hatte ich *ihn* stützen können. Es erfüllte mich mit Freude. Ich wollte nicht immer nur die Empfangende sein.

Unser Schweigen beim Essen war wieder frei und unbeschwert. Ich sinnierte so vor mich hin: Mauritius ist nicht nur ein gut aussehender Koch, auch die von ihm zubereiteten Köstlichkeiten verwöhnen einem die Sinne.

Er lächelte. Dieser Gedanke war ihm natürlich auch nicht entgangen. Er warf mir einen vielsagenden Blick zu und grinste.

Nach dem Essen fragte mich Mauritius, ob ich denn inzwischen überlegt hätte, wann ich meine Wohnung abstoßen wolle. Ich zuckte zusammen. Es lief mir kalt den Rücken runter. Ich schob mir meine Schulterblätter zurecht und fühlte mich äußerst unbehaglich.

»Du willst sie nicht loslassen, wie ich sehe«, kommentierte er trocken.

»Der Monat ist doch eh egal, ich mach das dann im nächsten.«

»Du kannst tun, was immer du willst, du solltest dir aber dessen bewusst sein. Also ich meine, – dir deiner Entscheidung bewusst sein.«

»Hmh.«

»Ich hab festgestellt, dass du bisher nicht mal über eine Kündigung nachgedacht hast.«

Wir vermieden Blickkontakt.

Wir – nicht nur ich.

»Die alte Wohnung im Hintergrund gibt mir vielleicht etwas mehr Sicherheit im Umgang mit all dem Ungewöhnlichen.« Ich versuchte mich zu rechtfertigen.

»Ja, ja, *sie* hält dir ein Hintertürchen offen.«

»Ich stelle mir eher ein Netz vor, das mich auffangen könnte, falls ich bei meinem Drahtseilakt zu Fall komme.«

»Um eine gute Ausrede bist du wohl nie verlegen?«

»Für mich ist das keine Ausrede, sondern eine Begründung.«

»Natürlich!« Er betonte das eher hohl klingend, setzte dann aber normal fort: »Es könnte durchaus sein, dass das deinen Zweifeln ein behagliches Nest anbietet. Oder neigst du etwa nicht zu Zweifeln?« Seine Frage war offenkundig rhetorisch gemeint.

Der vorausgegangene Satz verpasste mir aber zumindest einen Denkanstoß.

»Mauritius, versteh mich doch! Mein Verstand begreift das hier alles sowieso nicht. Kannst *du* dir denn vorstellen, innerhalb von drei Tagen bei einer zuvor unbekannten Frau einzuziehen und dann sofort deine Wohnung zu kündigen?!« Ich spürte an seinem Schweigen, dass er meine Frage nachvollziehen konnte.

Auffällig langsam wandte er sich zu mir um und gestand: »Nein, könnte ich mir nicht vorstellen! – Aber –, so gänzlich unbekannt warst du mir nicht! Ich dir etwa?« Sein Tonfall krabbelte mich aufreizend.

»Was? Jetzt will ich aber mehr wissen!«, beschwerte ich mich in gespielter Entrüstung. Obwohl, so ganz gespielt war sie vielleicht nicht, denn ich fand durchaus, dass er mir das schon eher mal hätte verraten können.

»Irgendwann hätte ich dir das schon noch erzählt, aber sicher nicht am Tisch sitzend.« Mauritius machte ein überaus charmantes Gesicht. Es schien, als ob kleine goldene Sternchen wie winzige Bergschmetterlinge um es herum flirrten. Ich konnte ihm seine Heimlichtuerei augenblicklich verzeihen. Doch gespannt auf das, was er gemeint hatte, war ich trotzdem.

»Du solltest inzwischen eigentlich wissen, dass Aurelia uns träumen lassen kann, was immer sie mag. Und wenn sie erst mal dabei ist, an einem Schicksalsfaden zu spinnen, hat das Ganze dann wohl Hand und Fuß.«

Seine Doppeldeutigkeit gefiel mir, ich mochte Sprachspiele.

»Also hast *du* auch schon vorher von mir geträumt?!«

»Ja. Aber im Gegensatz zu deinen klaren Träumen konnte ich dich in meinen nie erkennen. Ich sah dein Gesicht nicht. Davon abgesehen, dürften es wohl die gleichen Träume gewesen sein wie deine. Wir waren zur gleichen Zeit am gleichen Ort.«

»Du kennst also *meine* Träume aus ›vor unserer Zeit‹?«

»Ja. Gewissermaßen. Aber einige davon hast du mir ja auch quasi im Schnelldurchlauf im Supermarkt rüber gestreamt.«

Ich lief rot an. »Das ist echt ungerecht, wenn nur einer von beiden dem anderen ins Hirn schauen kann! Ich dachte, es hätte erst viel später begonnen, dass du meine Gedanken lesen konntest.«

»Ja, stimmt auch, es hat erst später begonnen ...« Er grinste mich breit an. »Aber im Supermarkt ... also ich schätze, da hatten deine Gedanken wohl enorme Power. Du hast mir ganze Filme abgespielt. Und wir hatten nicht einmal Blickkontakt!«

»Und so etwas nennst du Menschenkenntnis! Von wegen! Ich hab mich dir ja offenbar zu erkennen gegeben. Deshalb wolltest du mich nicht wieder loswerden!«

Wir feixten beide. Eigenartigerweise war es mir durchaus nicht peinlich, dass er gesehen hatte, was er da gesehen hatte. Ich betrachtete Mauritius und versuchte dabei, dieser Eigentümlichkeit auf den Grund zu gehen.

Wir hatten während unseres Wortwechsels nicht bemerkt, dass Aurelia sich entfernt hatte. Schlagartig fiel uns jetzt beiden gleichzeitig auf, dass sie nicht mehr da war.

»Aurelia!«, rief ich entsetzt darüber, dass uns ihr Verschwinden entgangen war. Wir stürmten ins Wohnzimmer, wo die Glastür zum Wintergarten offen stand. Aurelia saß inmitten der Grünpflanzenwelt und schien eingenickt zu sein. Doch sie öffnete sofort die Augen, als ich näher zu ihr trat.

»Du bist unmerklich aus der Küche verschwunden, es ist uns beiden entgangen, wann. Bist du schon länger hier?«

Aurelia lächelte mich freundlich an und nickte. »Ich war ja nicht weit.«

Am späten Vormittag des nächsten Tages beschloss ich, in meine Wohnung zu fahren. Ich wollte dem Denkanstoß nachgehen, den Mauritius mir gegeben hatte.

Mauritius war selber aus dem Haus gegangen und hatte nur einen Zettel hingelegt. Obwohl ich doch in meinem Zimmer leicht zu finden gewesen wäre.

Oder hatte ich gedankenlos die Tür hinter mir geschlossen? Ich glaube, ja.

Ich hatte mich nach dem Frühstück zurückgezogen, um mich bezüglich der alten Wohnung aktiv zu entscheiden. Ich wollte diese Frage nicht weiterhin steuerlos dahintreiben lassen. Eine bewusste Entscheidung, egal welche, wollte ich an diesem Tag treffen.

Aurelia war auch in ihrem Zimmer verschwunden. Und so entschied ich mich ebenfalls, einen Zettel hinzulegen. Doch ich schrieb nicht darauf, was ich zu tun gedachte, sondern nur, dass ich vermutlich bis zum Abend wegbliebe. Es könnte spät werden, kritzelte ich noch klein darunter.

Ich selbst war schon losgehfertig, aber ich suchte noch nach meinem Handy, ich konnte es partout nirgends finden. »Verflucht nochmal, wo ist denn dieses blöde Ding!« Ich griff nach der Handtasche und kramte darin, doch auch dort war das verflixte Telefon nicht zu finden. »Menschenskinder! So klein ist das Ding doch nicht! So etwas passiert mir doch sonst nie!« Ich brabbelte so vor mich hin, als wenn meine laut geäußerten Beschwerden etwas nützen könnten.

Schließlich entschied ich mich, ohne Telefon aus dem Haus zu gehen. »Es gab ja auch mal eine Zeit ohne Handys«, redete ich mir selber gut zu. Die Wohnungstür fiel hinter mir ins Schloss. Erschreckt stellte ich fest, dass ich keinen Schlüssel dafür dabei hatte. Bisher war es nie vorgekommen, dass wir uns gleichzeitig in alle Richtungen verstreuten. Obwohl, genaugenommen würde ja Aurelia zu Hause sein. Aber würde sie auf gewöhnliches Klingeln reagieren und die Tür aufmachen kommen?

Ich verschob diese Fragen auf später, trottete zur Bushaltestelle und fuhr zum Bahnhof.

Als ich im Zug saß, fand ich richtig, dass ich mich zu diesem Schritt entschlossen hatte.

Auch wenn ich nicht so recht wusste, was ich mir davon versprach, die alte Wohnung aufzusuchen. Wollte ich ihre Wirkung auf mich testen?

An den Glasscheiben der Eisenbahn flogen derweil Bäume und Häuser vorbei.

5 ☼ Rückbesinnung

Zum Glück hatte ich daran gedacht, den Wohnungsschlüssel meiner eigenen Wohnung einzustecken. Ich hatte nicht einmal gemerkt, dass ich es getan hatte. Mein Autopilot schien das erledigt zu haben. Den hatte ich offenbar rechtzeitig auf die alte Wohnung programmiert. Der Schlüssel drehte sich zweimal im Schloss. Ich schubste die Tür auf. Mich empfing der vertraute eigene Wohnungsgeruch. Ich fühlte mich angenehm davon begrüßt und empfand diesmal nicht die Fremdheit vom letzten Mal.

Letztes Mal ... da war Mauritius dabei gewesen. Ich lächelte versonnen, stapfte indes aber in die Küche und warf meine Handtasche auf die Arbeitsfläche. Von der Küche aus begab ich mich ins Wohnzimmer, zog die Gardinen auf und öffnete die Balkontür. Ich stürmte durch den langen Flur zurück, um auch in den gegenüberliegenden beiden Zimmern die Fenster aufzureißen.

»Peng!« Die Tür vom Schlafzimmer knallte hinter mir ins Schloss. Na klar, wieder einmal typisch für mich. Vor lauter Lust auf frischen

Wind in der Bude schlug es mir die Tür vor der Nase zu. Ich setzte mich aufs Bett und betrachtete das Schlafzimmer. Eigentlich ist es doch ganz hübsch hier, dachte ich dabei. Ich ließ mich rückwärts aufs Bett fallen und schreckte gleich darauf zusammen. Die Tür vom Nebenzimmer war ebenfalls zugeknallt. Ich lachte vor mich hin und kommentierte in den Raum hinein: »Noch eine Tür kann ja jetzt nicht zuknallen«.

Ich rekelte mich auf dem Bett und rutschte weiter nach oben. Genau an diesem Fußende hatte vor kurzem Mauritius gesessen. Ich versuchte, ihn mir vorzustellen, und beschwor gleichzeitig mein Sehnen nach ihm herauf. Meine Gedanken fuschten allerdings dazwischen. »Wie oft hab ich mir hier in diesem Bett die *echte Liebe* herbeigewünscht!«, stöhnte ich hervor und schmunzelte, denn ich erinnerte mich, wie ich manchmal ernsthaft wie ein Gebet die ›Liebe‹ zu mir eingeladen hatte. Ich seufzte wehmütig und dachte: In dieser Wohnung hab ich all die hellseherischen Träume von Mauritius geträumt, oder wie ich inzwischen weiß – mit ihm zusammen geträumt.

Ich versuchte, die Traumbilder zurückzurufen, und versank in der Erinnerung. Mein Bettzeug duftete augenblicklich nach Mauritius. Ich drückte meine Nase hinein und genoss das helle Frühlingsgrün des Stoffes, das so gut zu mir passte. Ich flüsterte leise vor mich hin: Bin ich nicht selbst ein junger Austrieb, der dem Frühling entgegensprießen will? Ich wurschtelte mir die Decke zwischen die Beine und glaubte dabei, es wären Mauritius Oberschenkel. Meine Erregung flammte auf. Ich genoss meinen Tagtraum mit allen Sinnen. Danach schlief ich ein.

Als ich erwachte, fiel mein Blick geradenwegs auf die Uhr neben dem Bett, ich erschrak. Es war schon Nachmittag, und ich hatte durchaus nicht den Eindruck, dass ich einer Entscheidung näher gekommen wäre. Ich setzte mich auf, doch merkte, wie die Falten der Bettdecke mich noch umarmten.

»Nützt alles nichts! Ich muss aufstehen!« Ich sprang aus den Federn und riss die Türen des Kleiderschrankes auf. »Ei was! – *Das* Kleid habe ich hier gelassen? Wieso denn?« Ich nahm es aus dem Schrank, legte es aufs Bett und strich mit der flachen Hand darüber. Es war aus hauchdünner Baumwolle, die sich wie Seide anfühlte. Ich hatte es nicht oft getragen, weil es mir zu empfindlich schien. Doch jetzt gefiel es mir so gut, dass ich im nächsten Augenblick hineinschlüpfte. Das seidige Gefühl auf meiner Haut löste eine Gänsehaut aus. Ein wohliger Schauer schlich mir den Rücken hinab. Am Nacken im Haaransatz kräuselten sich meine Härchen.

»Huch! Das hätte ich doch öfter mal anziehen sollen!« Ich prustete Luft aus mir hervor, als wolle ich dem kurzen heimeligen Anflug damit entkommen. Endlich öffnete ich wieder die Zimmertür und schob den Türstopper darunter. »So, jetzt wird dir das Knallen vergehen!« Ich belehrte allen Ernstes die Tür. Ich schien mich wohl doch etwas alleine zu fühlen.

Ich suchte, was ich sonst noch in der Wohnung hatte, mit den Augen ab. Es wirkte nicht, als wenn überhaupt schon viel fehlte und ich dachte: Man könnte sich jederzeit hierher zurückziehen, ohne etwas zu vermissen.

Ich trat zum Kühlschrank. »Ach du grüne Neune!« Ich hatte nicht nur vergessen, ihn auszuschalten, sondern auch vergessen, ihn auszuräumen. Da lag sogar noch Käse drin! Ich griff nach einem Joghurtbecher und öffnete die Packung. Ich kramte, ohne aufzublicken, einen Löffel aus dem Schub und bemerkte, dass ich schon wieder in der Routine angekommen war. Der Kühlschranktür verpasste ich einen zarten Stoß, damit sie sich schloss. Ich setzte mich im Wohnzimmer an den Esstisch und löffelte genüsslich mein Joghurt. Es war komisch. Die Wohnung schien gar nicht gemerkt zu haben, dass ich fort gewesen war. Dabei kam es mir wie eine Ewigkeit vor. Ich lebte in den vergangenen Tagen in der Traumzeit. Die reale Zeit kam da nicht hinterher.

Die Nachmittagssonne schien zur Balkontür herein und brachte behagliches Licht in die Wohnung. Die Vögel zwitscherten draußen und ließen es sich gut gehen. Alles wirkte friedlich und ungestört. Auf dem Schreibtisch entdeckte ich einen Haufen Papiere, den ich mir letztes Mal herausgesucht, dann aber hier vergessen hatte. Ich schlug mir vor die Stirn und murmelte: »Also richtig bei der Sache war ich da ja wohl nicht!« Vermutlich lag zum Schluss mein Hauptinteresse auf Beeilung, um der von Mauritius versprochenen Umarmung entgegenzustürmen. Das fand ich menschlich und verzeihlich. Ich lächelte verträumt vor mich hin.

Für einen Augenblick tauchte die Erinnerung an unseren geweihten Baum in mir auf. Ich atmete tief ein und hielt kurz die Luft an, fast so, als wollte ich dem Erinnerungsfilm meinen Atem einhauchen. Das amüsierte mich und ich kicherte vor mich hin.

Trotz allem kam mir das in letzter Zeit Erlebte seltsam fern vor. Ich konnte nicht so recht erkennen, inwiefern es sich denn von einem Traum unterschied.

Ich suchte bereits jetzt nach Punkten in meiner Erinnerung, als wenn das, was eben erst begonnen hatte, auch schon wieder zu Ende wäre.

Meine Liebe zu Mauritius hatte eine so unwirkliche Dimension.

Mir gingen unliebsame Gedanken durch den Kopf: Kann es nicht sein, dass es an der Zeit ist, endlich aus diesem Traum zu erwachen? Früher oder später wird mich die Realität ja doch wieder einholen. Aber soll ich das wirklich beschleunigen? Muss ich denn unvermeidlich vorausgreifen, statt die Zeit bis zum ›später‹ des ›früher oder später‹ zeitlos zu genießen?

Fragen über Fragen; immerhin begab ich mich auf die Suche nach einer Entscheidung.

Ich trat auf den Balkon hinaus und stellte fest, dass die Blumen in den Kästen welk aussahen. Automatisch griff ich nach der Gießkanne und verteilte das restliche darin befindliche Wasser. Ich marschierte sofort zum Bad und füllte die Kanne erneut. Noch einmal schüttete ich in alle Töpfe und Blumenkästen etwas Wasser. Ich mochte nicht, wenn die Blumen welkten. Entweder sollten da gesunde oder keine Blumen stehen. Ich strich entschuldigend durch die hängenden Blättchen. Die Kästen waren groß und verfügten über Wasserreservoire, vielleicht würden sich die Pflänzchen ja noch einmal erholen.

»Leila? Sieht das noch nach Überlegen aus?«, hörte ich meine eigene Stimme. Doch ich hatte nicht laut gesprochen. Es schien einer jener unüberhörbaren Gedanken zu sein, die in letzter Zeit typisch für mich waren. Doch ich musste feststellen, dass ich in der Tat klammheimlich eine Entscheidung getroffen zu haben schien. Denn für wen pflegte ich die Blumen?

Ich schaute eine Weile gedankenlos in die Weite. Der Wind strich mir sanft die Haare aus der Stirn. Die Blümchen schienen sich vor meinen Augen ein wenig zu recken und ich strich ihnen zart durch das schlaffe Blattwerk.

»Leila, sieh es ein! Du hast dich entschieden! Du willst die Wohnung vorerst noch behalten.« Auch diese Worte vernahm ich wieder nur im Stillen.

Ich entspannte mich schlagartig. Die Last der Entscheidung drückte nicht mehr. Gleichzeitig schienen zwar tausend neue Fragen aus meinen Gehirnwindungen zu sprießen, doch ich wischte sie in diesem Moment mal beiseite. Sie waren jetzt nicht an der Reihe. Ich setzte mich auf den Balkon und ließ Stunden an mir vorüberziehen, ohne sie zu bemerken.

Als ich später wohlgemut ins Wohnzimmer zurücktrat und mich zum Losgehen fertigmachte, streifte mein Blick die Uhr. »Du lieber Himmel! Hoffentlich fährt jetzt überhaupt noch ein Zug!« Ich lief in die Küche zu meiner Handtasche, dabei fiel mir der Kühlschrank wieder ein. Ich schaute rein. Der Käse war in gutem Zustand. Der Salat im Gemüsefach ließ zu wünschen übrig. Die Butter im Butterfach war noch ungeöffnet ... ich klappte das Eisfach auf. Dort lagen Brot und Brötchen drin und ein Eis. Ich lachte und ließ die Klappe zufallen.

»Vielleicht kann man ja doch gleichzeitig in verschiedenen Welten leben?« Diese Frage ging mir noch einige Zeit nach.

»Wenn ich mich nicht sehr beeile, verpasse ich noch den letzten Zug!« Ich entschloss mich, den Kühlschrank weiterhin auf sich beruhen zu lassen, und schnappte mir stattdessen die Handtasche. Dann stürmte ich in alle Zimmer und schloss eilig die Fenster. Das Verschließen der Haustür übernahm mein Autopilot. Ich war in Gedanken längst woanders.

Voller Ungeduld wartete ich auf den Bus, der mich zum Bahnhof bringen sollte. Er kam nicht. Ich studierte den Fahrplan am Aushang, aber wurde nicht schlau daraus. Den angegebenen Zeiten nach hätte der Bus längst da sein müssen. Ich trat von einem Fuß auf den anderen und wäre am liebsten losgelaufen. Doch der Bahnhof war zu weit. Ich hätte vierzig Minuten bis dorthin gebraucht.

»Endlich!« Ich plumpste auf den Sitz und trommelte mit den Fingern auf die Rücklehne des Vordersitzes. Am Bahnhof sprang ich raus und beeilte mich. Auf diese Weise stolperte ich zweimal über mangelhaft versenkte Gullydeckel. Mein umgeknickter Fußknöchel schmerzte. Ich griff mit der Hand danach, und wollte den Schmerz wegmassieren, doch ich hoppelte schon weiter. Mich beschlich so ein verdammt ungutes Gefühl. Ich hatte vergessen, mir die Rückfahrzeiten einzuprägen. Und hier in der Provinz! ... Ich schielte auf die Bahnsteigtafel und versuchte mich zu beruhigen. Ich fand den Zug, aber er fuhr ausgerechnet vom hintersten Gleis ab. Ich musste durch die Unterführung. Noch ein Blick auf die Abfahrtzeit. Ich starrte auf die Zahlen – und verfiel in Schreckstarre. Vor einer Minute? Aber wieso stand die Abfahrt noch auf der Anzeige? Der Lautsprecher ertönte und sagte den einfahrenden Zug an. Es war meiner. Ich nahm allen Mut zusammen und stürmte durch den Tunnel. Meine Handtasche schlug tüchtig gegen die Hüfte und rutschte dauernd von der Schulter. Ich fluchte vor mich hin.

Als ich den Bahnsteig endlich erreichte, sah ich nur noch die Rücklichter des Zuges. Ich keuchte und stützte meine Hände auf die Knie.

Eine Oma kommentierte meinen Auftritt mit den Worten: »Und dabei war er schon viel zu spät!«

Das half mir nun auch nicht weiter. Ich trat hilfesuchend an die Fahrplanaushänge und suchte nach dem nächsten Zug. Es gab keinen, und ich hatte es eigentlich schon geahnt. »Morgen wieder!«, ertönte die kecke Oma, die mich damit reichlich nervte. Verhöhnt werden wollte ich nicht auch noch. Doch sie humpelte auf mich zu und tätschelte mir den Arm. »Ich hab ihn auch verpasst«.

»Was?« Ich sperrte die Augen auf. »Ich dachte, Sie machen sich bloß über mich lustig!«

»Mach ich auch. Aber nur, weil Sie das so schwer nehmen. Sie sind noch jung und wissen nicht, wie oft im Leben Gelegenheiten an einem vorbeirauschen«.

Ich betrachtete die alte Frau aufmerksam. Das, was sie gesagt hatte, war vieldeutig. Es schien unbehaglich gut auf meine Situation zu passen.

Die Oma lächelte mir verschmitzt zu und reichte mir ihren Arm. »Kommen Sie, haken

Sie sich bei mir ein. Zusammen kommen wir leichter durch den Tunnel«.

Am Ausgang verabschiedete sich die alte Dame, die mich mit ihrer Gelassenheit beeindruckt hatte. Als sie weg war, fühlte ich mich buchstäblich verlassen. Im Stillen schimpfte ich auf die Busse und auf die Züge und auf alles Mögliche, das mich gerade störte. Erst jetzt machte auch der schmerzende Fußknöchel wieder auf sich aufmerksam.

Ich versuchte, mir ins Gewissen zu reden: »Leila, reiß dich zusammen! Es gibt immer noch viel falsch zu machen, also konzentriere dich!«.

Ich steuerte den Heimweg an, diesmal wollte ich nicht den Bus nehmen. Der lange Spaziergang würde mir vielleicht helfen, einen klaren Kopf zu bekommen. Mein Fußknöchel war davon nicht so recht begeistert. Nach der Hälfte der Strecke wünschte ich, ich hätte doch auf den Bus zum Zurückfahren gewartet. Doch das Wort ›zurückfahren‹ machte mir bewusst, warum ich mich nicht dafür entschieden hatte. »Muss ich jetzt allen Ernstes die Nacht in meiner alten Wohnung verbringen? – »Na immerhin werde ich nicht verhungern.«

Der nicht ausgeräumte Kühlschrank rief sich auf makabre Art in mein Gedächtnis. »Selbst deine Blumen werden dir nichts vorzuwerfen haben!« Meine Gedanken hatten Lust darauf, mich zu quälen.

Der Rückweg vom Bahnhof war der längste Vierzig-Minuten-Spaziergang meines Lebens. Zu Hause angekommen, schlurfte ich ins Bad. Ich spülte die Badewanne einmal heiß aus und versenkte dann den Stopfen im Sieb. Ein wohliges Bad war jetzt das Mindeste, was ich brauchte. Ich streifte mir die Klamotten vom Leib und ließ meinen Tränen freien Lauf. Ich stieg in die Wanne, die jetzt voller Schaumkrönchen war, und mich zumindest schon mal mit einem Duftrausch verwöhnte. Ich hatte das teuerste Duschmittel reingeschüttet, dass ich besaß – wozu aufheben? Ich konnte ja sehen, wie leicht ich es hier zurückgelassen hätte. Wer dachte bei einem unerwartet plötzlichen Auszug schon an Duschmittel?

Mein Lächeln schlich sich durch meine Tränen wie ein zarter Regenbogen. Ich spürte, wie sich meine Gesichtsmuskeln entspannten, und die Farben allmählich leuchteten. Endlich genoss ich das duftende Wasser um mich herum und lehnte mich gedankenlos zurück.

Ich musste aufpassen, nicht einzuschlafen. Immer wieder nickte mir das Kinn ins Wasser und ich prustete erschreckt gegen den Schaum. Nein, hier konnte ich nicht bleiben. Ich zog den Stöpsel und blieb sitzen, während das Wasser gluckernd davonrauschte. Ich spülte mir die Schaumreste von der Haut und zog mir ein frisches Badetuch aus dem gerade so eben erreichbaren Schrank. Es bestürzte mich, wie selbstverständlich alles funktionierte. Obwohl ich es hinter mir gelassen zu haben glaubte.

Ich wickelte mich ins Badetuch ein und lächelte darüber. Normalerweise hatte ich mich immer mit kleineren Handtüchern abgetrocknet. Das große Badetuch war für Sonderanlässe reserviert. Und jetzt war ausgerechnet dieser seltsame ›Fall aus der Zeit‹ solch ein Anlass. Obwohl ich vorhin noch geglaubt hatte, mein neues Leben bestände nur aus Träumen, fühlte ich mich auf einmal, als wäre es genau umgekehrt.

Träumte ich nicht jetzt diesen seltsamen Zustand, während ich wie immer bei Mauritius wohnte? War ich tatsächlich aus dem neuen Leben ausgebrochen und in mein altes zurück geflohen? Diese Frage trieb mir erneut die Tränen in die Augen. Ich wollte doch gar nicht von Mauritius weg! Nicht von ihm und nicht von Aurelia weg! Es gab doch nichts, das mich zurückziehen könnte. Ich schluchzte hemmungslos. Warum nur war ich hierher zurückgekommen? Hatte Mauritius denn nicht schon damals gesagt, dass es gefährlich sein könnte. Ich hatte mich auch noch über diese Bemerkung lustig gemacht und das Gefährliche als Verlockung dargestellt. Jetzt war ich entsetzt darüber.

Ich holte mir eine Flasche Wein hervor. Seit ich in die neue Wohnung gezogen war, hatte es nie Alkohol gegeben. Ich hatte ihn nicht vermisst, deshalb auch nie danach gefragt, ob es etwas damit auf sich hätte. Zufall oder Absicht?

Ich polierte das Weinglas, bevor ich mir eingoss. Ich behandelte mich, als wenn ich jemand anderes wäre. Das Badetuch – das duftende Duschmittel – das polierte Weinglas ... Ich verwöhnte mich selbst und lächelte darüber.

Im Laufe des Abends leerte ich die gesamte Flasche. Ich glaube nicht, dass das noch unter Genießen zu verstehen war. Ich überließ mich alsbald meinen Selbstvorwürfen und schließlich auch noch dem Selbstmitleid: Warum hatte ich das Handy nicht gefunden? Ich hätte länger danach suchen sollen! Weshalb hab ich nicht auf den Zettel geschrieben, dass ich zu meiner Wohnung wollte? Vielleicht hätte ich die ganze Sache doch lieber vorher besprechen sollen! Hätte, hätte, hätte.

Und es ging noch weiter: Bestimmt macht sich Mauritius jetzt unnötige Gedanken. Aber kann mich denn Aurelia nicht finden? Sie hat mich doch überhaupt erst entdeckt. Oder sollte ich das alles nicht überbewerten? Ist das Magische auch anders erklärbar? Wobei ... dann wäre Aurelia ja nicht die ›Liebe‹, sondern ...? Wer wäre sie dann? Und das Haus, das nur eine Illusion sein sollte, obwohl man darin wohnen konnte? ...

Mir wurde übel. Ich wusste nicht, ob von den allzu schnellen Drehungen meines Gedankenkarussells oder doch eher vom Wein. Vermutlich beides. Ich sauste zum Wasserhahn. Sollte man nicht die gleiche Menge Wasser trinken, die der Menge des alkoholischen Getränks entsprach? Das galt als Kater-Vermeidungs-Weisheit. Ich hätte zum Wein etwas essen sollen. Ich tappte jetzt zum Kühlschrank und angelte mir den Käse raus, dann klappte ich, möglichst ohne mich zu bücken, das Eisfach auf und schnappte mir das Brot. Ab in den Toaster damit. Als ich auf den heißen krossen Brotscheiben herumkaute, bemerkte ich einen ersten Anflug von Kopfweh. Mitternacht war längst vorüber. »Wo ist bloß die Zeit geblieben!« In mir spottete ein Gedanke: »Dann hast du dich ja immerhin sehr lange an deiner Weinflasche festgehalten!«

Wie ich später ins Bett gekommen bin, weiß ich nicht. Auch nicht, ob mich die Müdigkeit getragen hat oder der Weingeist. Immerhin lag ich in meinem Bett.

Ich erwachte erst spät am Tage und schaute mich im Zimmer um. Ich fühlte mich wieder wie zu Hause. War irgendwas? Ich hauchte mir in die Hand und bildete mir ein, ich röche noch Alkohol in der Luft. Na immerhin war mein Kopf okay. Ich stand auf und hielt mein Gesicht unter fließendes Wasser, um endgültig wach zu werden. Doch von wegen – Kopf okay –, Bewegungen mochte der nicht. Ich machte mir Frühstück und staunte, was man so alles findet, wenn man weder einkauft, noch in der Wohnung wohnt. Nach der ersten Kaffeewirkung erwachten aber auch meine herausfordernden Gedanken: Fahre ich auf der Stelle zurück? Oder soll ich sogar noch ein paar Tage länger fortbleiben, um mal völlig zu mir selbst zu finden? – Ach das geht ja nicht, ohne anzurufen! Hätte ich die Telefonnummer doch bloß gleich auswendig gelernt, so wie Mauritius, der sich außerdem meine Adresse samt Hausnummer eingeprägt hat ... Ich seufzte ... Warum erreicht mich Aurelia nicht? Kein Traum von Mauritius? Ich denke, wir können auch telepathisch kommunizieren! Und wenn es drauf ankommt, dann nicht? – Oder hatte ich mich mit dem Wein betäubt und so gewisse Träume ausgeschlossen?

Ich wurde das Gefühl nicht los, dass ich im Augenblick nicht hier wegwollte. Aber was sollte das für eine Liebe sein, wenn ich sie schon so schnell nicht mehr vermisste?! Obwohl, das stimmte so nicht. Ich fühlte mich nur aus der Zeit gefallen und wie in einer völlig anderen Welt.

Das ergab sogar einen Sinn, denn hatte ich mich nicht andersherum bei Mauritius und Aurelia wie auf einem fremden Stern gefühlt?

Ich weiß nicht, was da über mich kam, aber ich verbummelte Stunden, ohne zu handeln. Ich stöberte in meinem Bücherregal und las mich selbst in solchen Büchern fest, die mich nicht unbedingt brennend interessierten.

Am späten Mittag raffte ich mich endlich auf, die Wohnung zu verlassen. Ich brauchte einen Rat! Doch an wen sollte ich mich wenden? Ich erinnerte mich daran, dass ein Spaziergang im Schlosspark mir schon manches Mal in ausweglosen Situationen geholfen hatte. Ich zog los, so wie ich war. In jenem hauchdünnen Sommerkleid, dem ich früher keinen Parkspaziergang gegönnt hätte.

6 ☼ Übersinnliche Betrachtung

Die Parkwege staubten bei jedem Schritt. Die Wiesen sehnten sich nach Regen. Nur das Schwanenpärchen ließ sich auf den Wasserläufen treiben und beeindruckte mich mit seiner graziösen Ruhe. Dieses Pärchen gehörte schon seit Ewigkeiten zum Park und wirkte wie ein Symbol für Treue. Ich lächelte den beiden Schwänen zu und fühlte, wie ich sie mit meinem Blick streichelte.

»Grak, grak, grak«, begrüßte mich der Schwanenmann und überzeugte damit seine Schwanendame, ebenfalls geradenwegs auf mich zuzuschwimmen. Ich bedauerte, dass ich keine Brotkrumen dabeihatte. Der Schwanenmann legte seinen Kopf schief und beäugte mich unschlüssig. Er hatte meinen Gedanken entnommen, dass es sich nicht lohnte, näherzukommen. Seiner Dame war das einerlei. Sie watschelte aus dem Wasser und näherte sich mir interessiert. Sie umkreiste mich in gewissem Abstand und zupfte betont beschäftigt hier ein Gräschen und dort ein Hälmchen.

Ich ließ mich sachte auf die Wiese nieder und strich schuldbewusst über mein Kleid; ich befand mich nicht unbedingt auf einem samtenen Traumteppich. Auch, wenn ich gegen das Erscheinen von Mauritius oder Aurelia durchaus nichts einzuwenden gehabt hätte. Ich spürte, wie sehr ich mich nach ihnen sehnte.

Die Schwanendame erprobte ihren Mut und zupfte dicht neben meinem Rocksaum ein, zwei Hälmchen aus. Ich hielt vollkommen still. Auch der Schwanenmann schien die Luft anzuhalten und beäugte misstrauisch, was seine Dame da so trieb. Vorsichtig näherte er sich meinem Platz. Es war ihm nicht geheuer, dass ich so verlockend auf seine Dame wirkte. »Grak, grak, grak.« Diesmal klang es vorwurfsvoll. Prompt kehrten mir die beiden den Rücken zu und schlichen zurück ins Wasser. Jetzt taten sie so, als wenn es mich nicht gäbe. Ich schaute ihnen noch eine Weile nach und bemerkte dabei das Flimmern der Nachmittagshitze über dem Wasser.

In der Nähe meines Plätzchens, das zum Glück im Schatten einer alten Buche lag, stand eine Statue, die golden in der Sonne glänzte. Ich betrachtete so lange ihr Gesicht, bis sich die Konturen verwischten und ein goldener Schimmer drum herum flimmerte. Dann löste er sich ab. Die goldene Erscheinung verließ die Statue und schwebte direkt auf mich zu.

»Hier also steckst du, Leila, meine Liebe.«

»Aurelia? Bist du das? Du hier?«

»Hast du je daran gezweifelt, dass ich dich finde?«, spöttelte sie in freundlichem Ton.

»Nein. Obwohl, ja. Also in meiner Wohnung warst du noch nicht, oder?«

»Nein, du hast mich nicht in deine Wohnung eingeladen. Dabei hättest du nur nach mir rufen müssen.« Nach kurzer Pause folgte ein leiser Nachsatz: »Jegliche Sehnsucht nach mir hätte mir Einlass gewährt.« Es klang beiläufig. Doch ich verstand augenblicklich, dass sie ohne meine Aufforderung nicht in meiner Wohnung erscheinen konnte.

»Oh, Aurelia, wie konnte ich das vergessen! Und dabei hast du mir so gefehlt!«

Aurelias Leuchtgestalt verdichtete sich, bis sie die mir bekannte Kugelform annahm. Jetzt leuchtete sie umso mehr. Meine Einsicht, sie in der Wohnung nicht herbeigewünscht zu haben, begrüßte sie mit dem mir inzwischen vertrauten Hauch auf meiner Wange.

Ich sehnte mich leidenschaftlich nach Aurelias menschlicher Gestalt. Zu gerne wäre ich ihr jetzt um den Hals gefallen und hätte ihre zarten Lippen mit Küssen bedeckt. Meine Liebe zu ihr wechselte ihre Form wie ein Chamäleon seine Farbe. Ich war hin- und hergerissen zwischen Liebe und Begehren. Doch ich wusste, dass Aurelia meine Liebe brauchte.

Ich senkte den Kopf, als wenn ich den Blick von ihr abwenden wollte. Dabei sah ich die Kugel längst nicht mehr an. Mit geschlossenen Augen konnte ich Aurelia in ihrer menschlichen Gestalt wahrnehmen. Ihre Schönheit brachte mich bald um den Verstand. Ihr kastanienbraunes Haar wehte im leichten Sommerwind. Ihr Kleid war aus noch feinerem Stoff, als meines, und ließ Aurelias Körper durchscheinen. Es verschlug mir den Atem, ich musste wegsehen. Doch wie sollte ich vom Begehren loskommen?! – Die Gestalt hatte mich von innen erfasst.

»Atme tief durch und schaue auf meine Wesenheit«, säuselte ihre Stimme.

Ich zwang mich unter Aufbietung aller Kraft, meine Augen zu öffnen, um die Kugel anzusehen. Die noch fühlbare menschliche Erscheinung in meinem Inneren verblasste und löste sich restlos auf. Übrig blieb allein diese leuchtende Kugel, die neben mir über der Wiese schwebte. Ich atmete wieder gleichmäßig und tief und betrachtete das Leuchten.

»Es ist nicht leicht, deiner blendenden Schönheit zu widerstehen.« Ich sagte es, als ob ich mich entschuldigen müsste. Und in mir klang der Satz nach, der uns neulich alle drei wie ein Glockenschlag aufgeschreckt hatte:

»... deine Schönheit hat mich geblendet, darüber hab ich dich selbst vergessen.«

»Den meisten Menschen gelingt es überhaupt nicht, mich trotz meiner Schönheit zu erkennen. Du bist ein Naturtalent, wenn es darum geht, zum wesentlichen Kern vorzudringen. Dich drängt es prinzipiell, unter die Oberfläche zu schauen. Du traust Erscheinungsbildern nicht. Sie sind allzu oft nur Schein. Du sehnst dich nach der Wirklichkeit. Und du willst in dieser Wirklichkeit erkannt und gefunden werden. Doch die wenigsten Menschen gehen so weit in die Tiefe, dass sie dich finden könnten.«

Mein Herz quoll über vor lauter Dankbarkeit. Ich berührte zärtlich die hellsichtige Kugel, die mich so erkannte, wie ich war. Ich

streichelte darüber, wie über ein Katzenköpf-
chen, das sich mir seinerseits entgegen
schmiegte. Doch unversehens begann ich zu
leuchten. Und das mitten in einem öffentlichen
Park!

»Oh je, Aurelia! Was mache ich jetzt? Was
ist, wenn mich irgendwer so sieht?«

»Mache dir keine Gedanken darüber, die
meisten Menschen neigen dazu, das nur für
eine Sinnestäuschung zu halten.«

Ich lächelte ertappt und erinnerte mich an
die Busfahrt zu den alten Gärten, bei der auch
ich den goldenen Schweif für eine optische
Täuschung gehalten hatte.

›Gärten‹ schien das Stichwort zu sein, welches mir Mauritius ins Bewusstsein rief. Un-
bewusst aber streichelte ich jetzt noch zärtli-
cher über die goldene Kugel.

»Wie geht es Mauritius ohne mich?« Endlich
traute ich mich, zu fragen.

Die Kugel schwebte in die Höhe und breite-
te dabei ihr Leuchten aus.

»Ich zeig dir was. – Der Park ist gerade
menschenleer und die zwei Liebespärchen, die
ich auf den Bänken entdeckt habe, sind weit
weg und mit sich selbst beschäftigt.« Aurelias

Leuchtgestalt wurde zwar blasser, aber dabei so groß wie eine Türöffnung.

»Bitte. Du kannst eintreten. Du darfst es dir selber anschauen. Aber versprich, dass du währenddessen schweigst! Auch kein Ausruf des Erstaunens darf von dir zu hören sein! Atme leise wie ein Mäuschen.«

Ein Hauch auf meiner Wange ermutigte mich. Ich trat durch die imaginäre Tür und schwebte davon. Gleich darauf schwirrte ich durch das von Aurelia erschaffene Haus.

Mauritius war auffällig elegant gekleidet. Die Aktentasche klemmte unter seinem Arm. Folglich war er eben erst nach Hause gekommen. Er starrte irritiert auf den Küchentisch und fand soeben meinen Zettel.

Demgemäß wurde ich jetzt nachträglich noch Zeuge des gestrigen Abends.

Mauritius schaute nachdenklich auf sein Smartphone. Ich schwebte dicht darüber und erkannte, dass er mehrfach versucht hatte, mich anzurufen. Auf dem Tisch hatte er Unterlagen abgelegt, denen ich entnahm, dass er einen lukrativen Auftrag als Innenarchitekt an Land gezogen hatte. Für Menschen, die seine

Arbeit zu schätzen wussten, galt er als Geheimtipp.

Mauritius scrollte auf dem Display seines Telefons auf und ab. Seine Augenbrauen zogen sich zusammen und sorgten für eine tiefe Falte über der Nasenwurzel. Er war offensichtlich verstimmt, weil ich mich nicht bei ihm gemeldet hatte. Seine Augen überflogen noch einmal meinen Zettel, der eindeutig versprach, dass ich wiederkommen würde. Mauritius setzte die Aktentasche auf den Stuhl und brauste ins Wohnzimmer. Er suchte die Wohnung ab, als wenn ich irgendwo versteckt sein könnte. Er schaute auch im Wintergarten und auf der Terrasse nach. Beinahe wäre er sogar unbedacht in Aurelias Zimmer gestürmt.

Letztlich wartete er bis Mitternacht und versuchte sich bis dahin, in Gelassenheit zu üben. Er ließ die Schultern hängen und legte eine Hand über die Stirn. So unglücklich hatte ich ihn die ganze Zeit über nie gesehen. Er stammelte vor sich hin: »Hoffentlich hab ich sie nicht für immer verloren.« Er raufte sich die Haare und stöhnte auf. »Verflucht nochmal, ich hab sie unter Druck gesetzt. Ich wollte sie besitzen, damit sie mir nie mehr verloren gehen könnte. Doch so hab ich sie erst recht vertrieben.«

Ich bemerkte, dass ich seine Gedanken genauso zu hören vermochte, wie gesprochene Worte.

Mauritius begab sich in den Keller und holte sich ein Körbchen voller Weinflaschen. Ich wich ihm nicht von der Seite, bis er sich wieder an den Küchentisch setzte. Anscheinend hoffte auch er, seine diversen Zweifel würden sich ertränken lassen. Das kam mir bekannt vor. Aber ich musste mich jetzt konzentrieren, um bloß nicht vor mich hin zu kichern. Denn Aurelias Warnung nahm ich durchaus ernst.

Upps. Etwas wirbelte die Bilder durcheinander und spulte offenbar die Zeit schneller vor.

Früh gegen drei Uhr sank sein Kopf auf seinen Unterarm. Mauritius schlief bis zum Morgengrauen am Küchentisch. Als er erwachte, fiel sein erster Blick auf meinen Zettel, der direkt unter seiner Nase lag. Die leeren Weinflaschen auf dem Tisch erklärten ihm, weshalb sich sein Kopf so schwer anfühlte. Er schaute noch einmal auf sein Smartphone und ich vernahm wieder seine Gedanken: »Warum ruft sie nicht wenigstens mal an? Und wo ist Aurelia abgeblieben? Hat sich denn alles gegen mich verschworen? Da ist man einmal weg und freut sich auf eine schöne Begrüßung – und dann sowas, ich fass' es nicht!« Mauritius schlich sich in sein Zimmer und sehnte sich nach seinem Bett. Ich folgte ihm nicht weiter, als bis zur Türschwelle. Immerhin erhaschte ich einen kurzen Blick in sein Revier. Aber er schloss die Tür hinter sich. Ich schwebte einsam durchs Haus und betrachtete einmal alles aus einer gänzlich ungewohnten Perspektive. Wieder zurück vor dem Spiegelschrank im Flur, den ich speziell erforschen wollte, sauste mir plötzlich das Bild davon. Ein Sog hatte mich in die Küche katapultiert und die Wanduhr dort verriet mir, dass ich ein paar Stunden übersprungen hatte.

Mittag war längst vorüber. Mauritius betrat die Küche und setzte die Espressomaschine in Gang.

Aurelia hatte vergeblich im Wintergarten auf ihn gewartet; die goldglänzende Haarbürste lag in ihrem Schoß. Jetzt rollte Aurelia zu

Mauritius in die Küche. Sein Gesicht wirkte an diesem Tag schlaff und müde. Die sonst strahlenden Augen versuchten, sich vor der Tageshelligkeit zu verbergen. Aurelia sagte kein Wort, ließ dabei aber nicht davon ab, Mauritius intensiv zu beobachten. Der wich beharrlich ihren Blicken aus und versuchte, seine Gedanken zu verwischen. Dabei wusste er doch, dass er vor ihr nichts verbergen konnte.

Vor sich selbst schon eher. Er wollte sich nicht eingestehen, dass er mich nicht nur vermisste, sondern dass er sogar glaubte, mich endgültig verloren zu haben.

Ich hätte ihm liebend gern das Gegenteil bewiesen. Doch ich musste mich beherrschen, und lächelte nur still.

Seine Gedanken kugelten alle durcheinander. »Ich hab sie viel zu früh gedrängt. Ich hab sie ja regelrecht unter Druck gesetzt, sich unumkehrbar für mich zu entscheiden ...« Mauritius bereute, dass er von mir die sofortige Kündigung der alten Wohnung erwartet hatte.

Zugegeben, ich hatte mich angesichts dessen, dass er mich so gut kannte, wahrlich ein wenig in die Enge getrieben gefühlt. Aber das war doch kein Grund zum Davonlaufen! Oder doch? – Ich lauschte lieber wieder seinen Gedanken.

»Leila hat sich dagegen gewehrt, meinen Erwartungen zu entsprechen ...«

Bemerkenswert. Mauritius fand Gründe, um mein Verschwinden zu rechtfertigen. Aber er ließ dabei nicht nur die Schultern hängen, sondern machte außerdem einen Buckel, der ihn alt aussehen ließ. Man sah ihm an, dass er noch tiefer in seiner Ratlosigkeit versank.

»Vielleicht braucht sie ja mal eine Zeitlang Abstand? Darf ich mich denn schon wieder in ihre Bedenkzeit einmischen? Würde ich sie damit nicht erneut unter Druck setzen?« Seine Augen suchten immer wieder nach dem Telefon.

»Warum ruft sie nicht wenigstens mal an? Das passt doch nicht zu ihr. Wäre es denn verwerflich, wenn ich mich bei ihr melden würde?«

Die Zeit schien auf der Stelle zu treten. Als wolle er seine Bereitschaft, mich anzurufen, aus den Startlöchern locken, sagte Mauritius sich im Stillen immer wieder meine Telefonnummer auf.

Dann holte er tief Luft und wählte meine Nummer, auf seiner Stirn bildeten sich Sorgenfalten. Er lauschte gespannt. Mein Handy klingelte deutlich hörbar –, direkt im Flur neben der Küche. Mauritius suchte es und fand es unter dem Schuhschrank. Es war offenbar meinem typischen Handtaschenwurf entsprungen. Mauritius lächelte erleichtert. Dass ich kein Festnetz hatte, wusste er ja, und jetzt verstand er, warum ich ihn nicht anrief. Das beruhigte ihn vorerst, und so schlich er auf der Suche nach etwas Ablenkung unschlüssig durchs Haus.

Aurelia verhielt sich so leise, dass er sie völlig vergaß. Sie hatten noch kein einziges Wort gewechselt. Das wäre soweit nicht von Bedeutung gewesen, wenn nicht auch der gedankliche Austausch verstummt wäre. Ich ahnte instinktiv, dass es das bisher noch nie gegeben hatte. Aurelia verfolgte gespannt jeden Schritt, den Mauritius tat.

Hätte Mauritius ihr tiefgründiges Lächeln bemerkt, wäre er vielleicht schneller darauf gekommen, dass seine Grübeleien seinem Handeln im Wege standen. Diesmal stand er mir mit meinen ewigen Zweifeln in nichts nach. Mauritius starrte immer wieder fassungslos auf die Uhr. Und er grübelte wieder: »Es war wohl zu schön, um wahr zu sein. Sie wird schon ihre Gründe haben, warum sie mir doch lieber davongelaufen ist. Es ist ihre Entscheidung. Ich darf mich da nicht reinhängen. Sie will ihre Autonomie behalten.«

Ich hätte seinen Gedanken am liebsten sofort verwischt, leider wusste ich nicht, wie.

»Vielleicht gab es ja noch jemand anderen in ihrem Leben. Wir haben nie darüber gesprochen. Sie hat mir meist Fragen über mich gestellt. Ich kam nie auf die Idee, sie nach ihrem Umfeld zu fragen. – Wer weiß, wen sie wiedergetroffen hat ...« Er beugte sich nach vorn und stützte seine Stirn in seine Hand.

Jetzt tat er mir so leid. Solche Gedankenschleifen kannte ich zu Genüge. Doch bei ihm hätte ich sie nicht vermutet. Er saß da, wie ein Häufchen Elend. Ich schwirrte auf ihn zu und wollte ihm hauchzart über die Wange streichen. Doch Aurelia kam mir zuvor.

»Mauritius, was glaubst du wohl, warum du in deinen Träumen nie ein Gesicht erkennen konntest?« Sie schaltete sich in seine Gedanken. Mauritius zuckte überrascht zusammen.

»Aurelia, mein Gott, ich hab dich ja total vergessen!«

»Ich weiß, Mauritius, du hast mich ausgeschlossen. Wie hätte mir das entgehen können.« Sie machte nur diese neutrale Feststellung, ihre Worte waren frei von jeglichem Unterton. Doch Mauritius empfand es als Angriff und ging zum Gegenangriff über: »Wo ist Leila? Du musst das doch wissen! Sag mir, was ich machen soll!« Er blaffte es vorwurfsvoll über den Tisch.

Aurelia gab gelassen zurück: »Ich lege aber Wert darauf, dass du alleine dahinter kommst!« Ein spöttisches Lächeln spielte um ihre Mundwinkel und zog Mauritius Aufmerksamkeit auf sich.

»Was hattest du vorhin gefragt, ich hab die Frage schon wieder vergessen?«

»Ich wollte wissen, was du wohl glaubst, warum du in deinen Träumen nie Leilas Gesicht gesehen hast.«

Er überlegte einen Moment. »Na vielleicht –, weil es nicht darauf ankommt, dass genau *sie* es ist?« Er riss die Augen auf und rief erstaunt: »Oh du meinst ... sie ist austauschbar?!?«

Ich zuckte zusammen. Vernahm ich da Erleichterung in seiner Stimme?

»Nein. Das meine ich ganz sicher nicht!«

Aurelias Satz hallte unüblich klirrend nach.

Mauritius erstarrte und sein Gesicht erschien noch grauer als zuvor. Er zwinkerte etliche Male und versuchte Klarheit zu gewinnen. »Was meinst du dann?«, erkundigte er sich verstört.

»Nur weil ich dir ihr Gesicht nie gezeigt habe, zweifelst du jetzt daran, dass sie die Richtige ist?« Aurelia fixierte Mauritius Augen, bis der den Eindruck nicht loswurde, dass Aurelia ihn testen wollte.

»Bin denn *ich* der Testkandidat und nicht, wie ich bisher geglaubt hatte, Leila?«

Aurelia lächelte verräterisch, Mauritius entging es nicht. Doch er hörte ihr zu.

»Vielleicht will Leila nicht nur mehr Entscheidungsfreiheit, sondern sucht vielmehr nach der Gewissheit, dass du sie nicht für austauschbar hältst«, provozierte Aurelia ihn.

»Das weiß sie doch!«, konterte Mauritius.

»So? Das weiß sie? Woher denn? Hast du nicht eben noch als Erstes vermutet, Aus-

tauschbarkeit sei der Grund für die gesichtslo-
sen Träume?«

Mauritius schlotterte auf einmal vor Kälte
und bekam weiße Lippen.

»Ich glaube, ich werde krank, ich hab schon
Schüttelfrost!« Er erhob sich, schlurfte in den
Wintergarten und ließ sich in den Schaukel-
stuhl fallen. Aurelia folgte ihm unbemerkt.

»Du möchtest dich jetzt lieber in Träume
flüchten, statt der Wahrheit ins Auge zu sehen.« Sie flüsterte es zärtlich, doch Mauritius
verstand es als Vorwurf und schwieg.

»Du suchst Annehmlichkeiten aller Art. Du
erwartest und genießt, dass Leila all deine
Sinne verwöhnt. Ihre Schönheit findet leicht
deine Aufmerksamkeit und von ihrer Leidenschaft bist du fasziniert. Doch vielleicht möchte Leila nicht nur für oberflächliche Aspekte
geliebt werden.«

»Und wofür will sie geliebt werden?« Mauritius schaute Aurelia fragend an.

»Das würde ich gerne *von dir* erfahren!«, erwiderte sie.

Er war enttäuscht über ihre Antwort und
war sich sicher, dass sie ihn prüfte. Es behagte

ihm nicht, doch Aurelia zwinkerte ihm ermunternd zu.

Mauritius erinnerte sich an einen seiner wiederkehrenden Träume: Eine wichtige Prüfung findet statt, von der ihm vorher niemand etwas gesagt hat –, und er platzt unvorbereitet hinein und wünscht sich, wieder umkehren zu können. Doch er kann sich der Situation nicht mehr entziehen.

Aurelia strich ihm sachte mit der Hand über die Schulter. Mauritius entspannte sich.

»Ich vermisse sie wie verrückt«, gab er fast unhörbar zu.

»Was vermisst du?«, forschte Aurelia nach.

»Ihr Lächeln vor dem Frühstück. Ihre lebhaften Umarmungen zur Begrüßung. Ihre vorwurfsvollen Blicke, die sich nie gänzlich von den Lachfältchen befreien können. – Selbst ihre ewigen Gedanken, die mich so häufig zum Schmunzeln bringen. Ich dachte, ich würde Leila dafür bedauern, dass ihr immer dermaßen viel durch den Kopf geht. Stattdessen hab ich ihre Fragen liebgewonnen. Leila hinterfragt alles und stellt die Welt dabei so manches Mal auf den Kopf. Aber sie kann so herrlich über sich und ihre Eigenheiten lachen. Sie sagt einfach, was sie denkt, und macht sich nichts draus. So eine Frau findet man nicht nochmal!« Er schüttelte den Kopf: »Ich wollte sie an mich fesseln. Dabei hätte ich sie frei für mich haben können! Stattdessen hab ich sie vor den Kopf gestoßen!« Seine Stimme kämpfte gegen die aufkommende Traurigkeit an.

»Und du meinst, so ein eigensinniger Sturkopf wie Leila hält das nicht aus? – Hältst du sie wirklich für so schwach und ängstlich, dass sie sich nicht zu wehren weiß, wenn du ihr Zügel anlegen willst? – Glaubst du, dass sie sich von unbedacht ausschlagenden Hufen ihres geliebten Wildpferdes abschrecken lässt?«

Auf Mauritius strömte eine Brise zu, die zartgolden flimmerte und die Sorgenfalten auf seiner Stirn wegstrich. Sein Gesicht nahm wieder die gewohnt straffen Konturen an. Diese schnelle Verwandlung erinnerte an die Errichtung eines Zeltes, das sich über einem Gerüst strafft. Das Licht im Raum erschien auf einmal viel heller.

»Aurelia! Mein Engel! Warum hast du mich das erst jetzt gefragt?!?« Mauritius stürzte auf sie zu und küsste sie voller Dankbarkeit. Er hatte offenbar was kapiert.

Aurelia lächelte still vor sich hin und umhüllte sich mit ihrem eigenen Strahlen.

»Du hast mich heute noch nicht gekämmt!«, erinnerte sie an ihr gemeinsames Ritual.

»Aber muss ich denn jetzt nicht endlich nach Leila suchen!?«

»Nun hast du so lange gewartet, da kommt es auf die Zeit fürs Kämmen auch nicht mehr an.«

Mauritius trat ungeduldig hin und her. Er wollte Aurelia die Bitte nicht abschlagen. Er gab sich einen Ruck und griff nach der goldglänzenden Bürste. Sein Gesicht entspannte sich schlagartig. Jetzt wandte er sich liebevoll Aurelia zu, deren Haare sich ihm verspielt entgegen kringelten. Die Bürste strich durchs Haar. Prompt tanzten die wohlvertrauten goldenen Schleier umher und verliehen den Grünpflanzen einen geheimnisvollen Schimmer. Kaum, dass der Hauch Mauritius berührte, schien auch er regelrecht aufzuleuchten.

Es dämmerte längst. Die Zeitlosigkeit hatte Mauritius gebannt. Doch umso mehr erschrak er beim nächsten Blick auf die Uhr.

»Oh mein Gott! Der Tag heute ist ja völlig verlorengegangen!«

»Er ist keineswegs verlorengegangen, Mauritius. Deine neuen Wurzeln brauchten die Zeit, um zu wachsen und Halt zu finden. Leila ist gut aufgehoben. Ich hab sie heute gefunden.«

»Aber …«

»Nichts aber … Schlafe eine Nacht darüber und fahre erst morgen los. Du wirst sie dann schon finden.«

»Bist du ganz sicher, dass ich hier bleiben soll? Noch eine Nacht ohne sie! Wie soll ich das aushalten?!« Mauritius verstand nicht, warum Aurelia ihn bremste.

»Auf die Nacht kommt es nicht an«, murmelte sie schelmisch. »Mir wäre lieber, wenn du dich bewusst auch tagsüber dafür entscheidest.«

Mauritius fühlte sich erwischt. Aurelias doppeldeutige Anspielung war ihm keineswegs entgangen. Es tat ihm gut, zu spüren, wie genau Aurelia ihn kannte.

Ich hätte ihn küssen mögen in diesem Moment. Es fiel mir ausgesprochen schwer, mich weiterhin still zu verhalten. Aber ich schaffte es, mich wieder allein auf seine Gedanken zu konzentrieren. Er nahm sich vor, mir sobald er mich wiedersah, alle Gründe widerzuspiegeln, warum er mich vermisst hatte. Bis dahin wollte er alle Zweifel an der Beständigkeit unserer Liebe restlos ausgeräumt haben. Ich war zu Tränen gerührt.

Aurelia hatte mir ein Geschenk gemacht, das wahrlich von unfassbarer Größe war. Für den Einblick in Mauritius Innenleben war ich ihr unendlich dankbar.

Mein Körpergefühl änderte sich schlagartig. Ich schwebte nicht mehr, sondern trat eben zur Licht-Tür heraus, die sofort hinter mir in sich zusammenschrumpfte.

Ich stand wieder auf der Wiese. Die Kugel war verschwunden. Die Schwäne trieben in der Ferne dahin. Der Schwanenmann drehte sich noch einmal nach mir um und verabschiedete mich mit: »Grak, grak, grak.«

Ich schlenderte nach Hause. Ich fühlte mich frei. Und doch spürte ich einen Kokon um mich. Er gab mir Sicherheit. Und er versprach mir eine Wandlung. Dennoch nahm er mir Handlungsspielraum.

Und wieder wurde es Abend. Diesmal wollte ich auf jeden Fall den Wein weglassen, obwohl die zweite Flasche verlockend hinter dem Vorhang hervorlugte. Meine Auswahl an Essbarem war auch etwas einseitig. Im Stillen schimpfte ich: Wieso bin ich nicht wenigstens mal einkaufen gegangen?

Ich antwortete mir selbst: Ha, das wäre ja dann einem Eingeständnis gleichgekommen, dass ich ganz bewusst hier bleiben wollte.

Ich hatte stattdessen so getan, als wenn es eben einfach so passierte.

Aber war denn nicht sogar etwas Phänomenales geschehen? Eben weil ich nichts erwartet hatte? Meine Erinnerung an den Nachmittag im Park entzog sich mir auf der Stelle wieder. Ich fühlte eine Leere in mir, die alles in sich aufzusaugen schien. Ich entspannte mich vollkommen. Ich ließ alles los, woran ich mich eben noch halten wollte.

Ich suchte den Schrank nach Konservendosen ab: Pilze, Mischgemüse, grüne Bohnen …

Ich entschied mich für die Bohnen und angelte sie mir kurz darauf, so kalt, wie sie waren, aus der Dose. Ich stopfte sie mir in den Mund, als wären es ›Pommes frites‹.

Doch der Abend wurde noch lang. Und was ich überhaupt nicht erklären konnte: Meine Gedanken waren verstummt. Ich saß teilnahmslos rum, stierte Löcher in die Bude und ergab mich den Konsequenzen meiner Entscheidung. Und ich träumte nicht einmal vor mich hin! Tausendmal in meinem Leben hätte ich mir solch eine innere Ruhe gewünscht. Doch angesichts meiner seltsamen Situation schien sie mir äußerst verdächtig zu sein. Ich war nicht gerade dafür bekannt, ein Meister der Meditation zu sein. Was ließ mich so still halten? Versteckte ich mich? Verbarg ich die Schwingungen meines Geistes? Warum rief ich Mauritius nicht in meine Träume? – Wollte ich gefunden werden? Die wenigen Fragen umhüllten sich schnell wieder mit ihrem ungewohnt abschirmenden Mantel. Gleichzeitig schien ich die Begegnung mit Aurelia vollkommen vergessen zu haben. Mein Blick auf die Vergangenheit hatte sich vernebelt. Wie ein zurückliegender Traum.

7 ☼ Brückenschlag

Am nächsten Tag schlenderte ich durch den Ort und schaute mir die Schaufenster an, als wenn ich etwas begehrte. Doch mich interessierte das alles nicht. Ich kaufte mir am Ende lediglich ein paar frische Bäckerbrötchen und gönnte mir ein Stück Pflaumenkuchen. Als ich so allein im Kaffeehaus saß, kam ich mir etwas verloren vor. Ich hatte das unbestimmte Gefühl, dass Mauritius an meine Seite gehörte. Aber was sollte ich machen? Eine eigenwillige Magie schien mich zu bannen.

Auf dem nach Hause Weg quietschten Reifen neben mir, ich erkannte die blaue Farbe des Autos auf der Stelle. Aber ich rannte los. Ich rannte die letzten fünfhundert Meter zu mir nach Hause und knallte trotzig die Tür hinter mir zu.

Leila, spinnst du? –, meldete sich eine Stimme in meinem Kopf. Ich wurde wieder völlig ruhig, auch wenn ich mein Verhalten nicht erklären konnte. Ich versuchte es gar nicht erst. Wie geistesabwesend legte ich die Brötchen auf die Arbeitsfläche in der Küche und stellte den Wasserkocher an, um mir einen Tee aufzubrühen.

Das durchdringende Klingeln entging mir keineswegs, aber ich machte keine Anstalten, mich dem Türöffner zu nähern. Mein Herzschlag verriet allerdings, dass es mit meiner Ruhe vorbei war.

Ich öffnete die Balkontür, als wenn ich nach einem Fluchtweg suchte, und setzte mich direkt daneben auf die Vorderkante des Sofas. Ich fühlte mich gefesselt und nicht mehr nur gebannt. In meinem Hirn hämmerte es ebenso wie in meiner Brust. Prompt vernahm ich den Aufprall.

Mauritius hing auf meiner Balkonbrüstung und hatte sich offenbar wehgetan. Doch er arbeitete sich beharrlich über das schmale Geländer und verbiss sich seinen Schmerz. Als er vom Tageslicht noch ein wenig geblendet ins dunklere Wohnzimmer gestürzt kam, schien es, als pralle er direkt vor mir an etwas Unsichtbarem ab. Doch er war offenbar nur fassungslos, weil ich so dicht vor der Balkontür gesessen hatte.

»Leila! Was ist los?! Ich hab dich so vermisst! Mir kommt es vor, als seist du schon eine Ewigkeit von mir fort! Selbst Aurelia konnte dich anfangs nicht entdecken! Was denkst du dir dabei, auch noch loszurennen, wenn ich dich endlich gefunden habe? Was ist mit dir? Magst du mich denn noch? Komm zu mir zurück, bitte!«

Er zerrte mich vom Sofa hoch und überschüttete mich mit wilden Küssen. Und er riss mich aus meinem Dornröschenschlaf, den ich aus eigener Kraft nicht hatte beenden können.

Seine Küsse riefen all das in mir wach, was nicht in *diese* Welt zu gehören schien. Er hatte eine Brücke gebaut von seinem anderen Stern zu meiner alten Alltagswelt. Ich ergab mich seiner Leidenschaft und antwortete begierig.

»Hast du mich denn nicht vermisst?«, warf er in die stürmisch aufgewühlten Wogen.

»Ich müsste tot gewesen sein, um dich nicht zu vermissen«, keuchte ich in die Brandung.
Wir fielen übereinander her, wie Verdurstende über eine Quelle. Seine Nacktheit in der Umgebung meiner Wohnung brachte mich um den Verstand. Hier hatte alles als Traum begonnen. Jetzt war Mauritius aus sich heraus an seinen Ursprungsort gekommen. Unser Traum war

endgültig nicht mehr nur ein Traum. Sämtliche Zweifel wurden von Gewissheit erdrückt.

Mauritius fürchtete sich jetzt nicht mehr vor der Macht meiner Behausung. Er wusste, dass er meine Festungsmauern jederzeit erstürmen könnte.

Wir weinten vor Glück und küssten uns gegenseitig unsere Tränen von der Haut, wohin sie auch tropften, wir leckten sie ab.

»Leila, ich kann ohne dich nicht leben! Ich bin fast gestorben in den Stunden ohne dich. Ich lasse mir gerne von dir erklären, warum du weggelaufen bist. Aber bitte versprich mir, dass du das nie wieder machst! Bitte, versprich es mir!«

Ich heulte erst recht los. Tränenüberströmt schluchzte ich: »Glaub mir Mauritius, ich verstehe es selber nicht. Doch gerade deshalb bin ich jetzt vorsichtig damit, dir das zu versprechen. Ich würde es nur zu gerne, doch ich …«

»Versprich es!«, forderte er nach.

»Wie soll ich denn, wenn ich nicht weiß, ob ich mich daran halten kann!« Der Satz ging fast in meinem Schluchzen unter.

»Wenn du es versprochen hast, dann musst du dich daran halten. Ich kenne dich, du hältst deine Versprechen, also versprich es mir!«

Ich musste schmunzeln, er war ein cleveres Kerlchen – und –, er kannte mich verdammt gut. Seine Worte berührten mich durch meinen Tränenschleier hindurch wie ein goldener Sonnenstrahl. Ich wischte mir die Tränen aus den Augen und schniefte.

»Also gut, du hast mich überzeugt ... Ich verspreche, dir niemals mehr davonzulaufen.«

Ich hatte einen seltsamen Ton in der Stimme, einen Klang, der sich weit ins All zu verbreiten schien. Es war ein echtes Versprechen geworden, eines, das von Herzen kam.

Unsere Küsse nahmen kein Ende. Wir amüsierten uns über unseren großen Nachholbedarf. Es war, als hätten wir begriffen, was wir jeweils am anderen hatten. Das wir für immer zusammen gehörten, war von heut an keine Frage mehr, insbesondere keine Frage des Glaubens.

Mauritius erkundigte sich, ob wir nach Hause fahren sollten. Aber es war längst schon dunkel. Ich sah keinen Grund, hier zu verschwinden. Über Aurelia brauchten wir uns keine Gedanken zu machen. Sie hatte unsere Vereinigung garantiert bemerkt. Solche Wellen, wie wir verursacht hatten, konnten niemandem ihrer Art entgehen.

Eine Sekunde lang schien ich mich fast an etwas zu erinnern. Ich sah plötzlich Schwäne an mir vorüberziehen. Aber die Erinnerung wollte sich nicht zeigen. Und ich hatte jetzt anderes im Sinn.

Am nächsten Morgen huschte ich in die Küche und bereitete ein kleines Frühstück. Das Tablett balancierte ich flugs ans Bett. Mauritius begrüßte mich mit einem herzzerreißenden Gähnen, griff nach mir und stieß dabei beinahe den Kaffee um. »Komm her mein Engel, du bist viel zu weit weg.« Sein Blick küsste mein Gesicht und weckte noch einen anderen Appetit, außer dem auf Essen. Mauritius fand das drollig und setzte sich auf. Wir witzelten über mein in jeder Weise ›traumhaftes‹ Bett.

Nachher teilte ich ohne Vorankündigung meine Entscheidung wegen der Wohnung mit. Mauritius nickte verständnisvoll und meinte: »Ich wollte ja vor allem, dass du dir bewusst machst, was du willst. Ich glaube, wir haben hier nichts mehr zu befürchten.«

»Wie bin ich froh, dass ich dich wiederhabe!« Wir sprachen es beide im Chor, unsere Gedanken hatten sich miteinander verknüpft.

Wir hatten es nicht eilig, als wir unsere sieben Sachen packten, um loszukommen. Diesmal räumte ich vorher den Kühlschrank aus.

Als ich die Küche verließ, blickte ich noch einmal zurück. Die gähnende Leere des offen stehenden Kühlschrankes wirkte seltsam symbolisch. Das Wohnzimmer erschien auch eigentümlich düster, die Sonne hatte sich hinter Wolken versteckt.

Mauritius fuhr unüblich langsam nach Hause. Ich bemerkte es, aber kommentierte es nicht. Allmählich beschlich mich eine Ahnung. Vor dem Haus angekommen, atmeten wir beide tief durch. Schweigend und beinahe in Zeitlupe stiegen wir aus dem Auto. Mauritius fasste nach meiner Hand und öffnete mit der anderen das Gartentor. Schritt für Schritt näherten wir uns der Haustür. Ich umklammerte seine Finger, denn unsere Hände drohten vor lauter Handschweiß auseinander zu rutschen. Mauritius erwiderte meinen Druck. Wir traten in den

kleinen Flur ein und schlossen sachte die
Haustür hinter uns. Meine Handtasche seilte
ich langsam ab, statt sie wie sonst auf die
nächstbeste freie Fläche zu werfen. Immer
noch Hand in Hand schoben wir uns dicht gedrängt durch die Türöffnung in die Küche. Dort
war niemand und so schlichen wir weiter. Die
Glastür zum Wintergarten stand weit offen
und – über alle Pflanzen hinweg schien die
Sonne –, aber –, draußen im Freien war der
Himmel doch bewölkt gewesen!

Wir glitten fast regungslos auf die Glastür
zu. Inmitten der Pflanzen stand eine goldene
Wolke in Gestalt von Aurelia. Keine menschli-
che Gestalt mehr und doch für uns noch er-
kennbar. Von einem Rollstuhl war keine Spur.
Aurelia stand auf eigenen Beinen. Die großen
Blüten der Clematis rahmten dies goldene
Flimmern wie ein Torbogen ein.

Aurelia schwebte uns sachte entgegen und
wir wichen ein Stück vor ihr zurück. Wieder
und wieder, bis wir verstanden, was sie wollte.
Wir steuerten auf den Spiegelflur zu und streb-
ten jeder vor den entsprechenden Spiegel. Als
Aurelia zwischen uns stand, reichten wir uns
alle untereinander die Hände. Obwohl sie

kaum noch körperlich war, fühlten sich ihre Hände doch echt an. Ihr Licht durchflutete uns und bildete den Lichtbogen, den wir schon kannten.

Wieder schrumpfte der Begriff ›Glück‹ zu einem freundlichen Wort zusammen angesichts dessen, was wir hier fühlten. Und auch der Begriff ›Liebe‹ schrumpfte zu einem freundlichen Wort zusammen, das angesichts dessen, was wir gerade fühlten, bedeutungslos wurde.

Aurelia reduzierte ihre Form, bis nur noch der kleine strahlende Goldball existierte.

Währenddessen verbanden sich Mauritius und meine Hände, und die Kugel schwebte in Brusthöhe zwischen uns. Wir begannen beide durchdringend zu leuchten, und wir verkürzten allmählich unseren Abstand.

Als wir uns endlich umarmten, pulsierte die Lichtkugel derart heftig zwischen uns, bis sie uns beiden gleichermaßen in die Brust eindrang. Wir schlossen sie augenblicklich in unser Herz. Und wir hofften inständig, für immer.

Wir standen ewig so umarmt vor den Spiegeln. Vielleicht fürchteten wir, die kleine Sonne könne uns sonst entschwinden. Dabei hatte sich unsere Brust längst wieder geschlossen. Wir konnten die Liebe nicht mehr verlieren. Im Gegenteil, wir spürten, wie sie sich in uns verwuchs.

☼ Epilog

Man könnte meinen, die Wohnung ohne Aurelia hätte sich in den folgenden Tagen für uns genauso verlassen angefühlt, wie wenn lebhafter Besuch nach wochenlangem Aufenthalt plötzlich wieder aus dem Umfeld verschwunden ist. Aber es war nicht so.

Im Gegenteil verströmten wir bei allem, das wir taten, ein feines Leuchten, das an Aurelia erinnerte. Wir spürten sie.

Für Haus und Garten waren wir aber in Zukunft selber zuständig. Und wir merkten schnell, dass sich das keineswegs von selbst erledigte. Doch Aurelia half uns mit den Notwendigkeiten des Alltags in Einklang zu kommen. Sie durchströmte uns und wirkte von innen.

Oftmals saßen Mauritius und ich gemeinsam im Wintergarten. Wir träumten dort gerne zusammen vor uns hin. Manchmal auch jeder für sich. Denn nur hier an diesem Ort konnten wir Aurelia noch einmal wieder heraufbeschwören. Sie erschien zwar nur noch in unseren Träumen, dafür aber in menschlicher Gestalt.

Die goldglänzende Haarbürste war uns sogar in der Realität geblieben. Wir hatten gelächelt, als wir sie entdeckten, und übernahmen ohne Zögern das liebenswerte Ritual. Mauritius bürstete von da an meine Haare. Wann immer er das tat, verbreiteten wir ein Leuchten, das an die goldenen Schleier erinnerte, die einst um die Pflanzen getanzt waren.

Einmal sagte er danach: »Das wird uns niemals jemand glauben!«

Aber das ist keine Frage des Glaubens. Für uns ist es Gewissheit geworden.

Die Liebe existiert.
Jeder kann sie zu sich einladen.

es lohnt sich, umzublättern

Liebe Leser und Leserinnen,

ich hoffe, ich konnte mit diesem Buch erreichen, dass sich die Liebe in den verträumten Stunden Lesezeit bei Ihnen manifestiert hat. – Vielleicht kann ja Aurelias Leuchten weit in die Welt hineinstrahlen.

Helfen Sie mit und tragen Sie die Liebe immer in Ihrem Herzen.

Es wäre schön, wenn Sie eine Rezension zu diesem Buch schreiben würden, um auch anderen potentiellen Lesern mitzuteilen, was das Besondere an diesem Buch ist.

Oder Sie schreiben der Autorin:
mira-stern@e.mail.de